公元787年，唐封疆大吏马总集集诸子精华，编著成《意林》一书6卷，流传至今
意林：始于公元787年，距今1200余年

执乐师

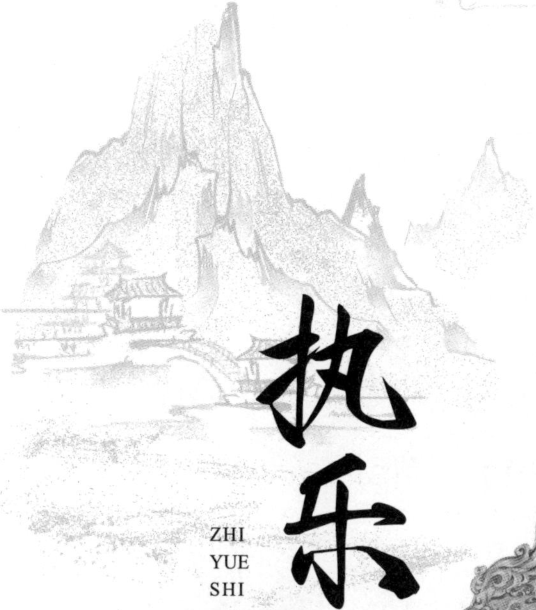

ZHI YUE SHI

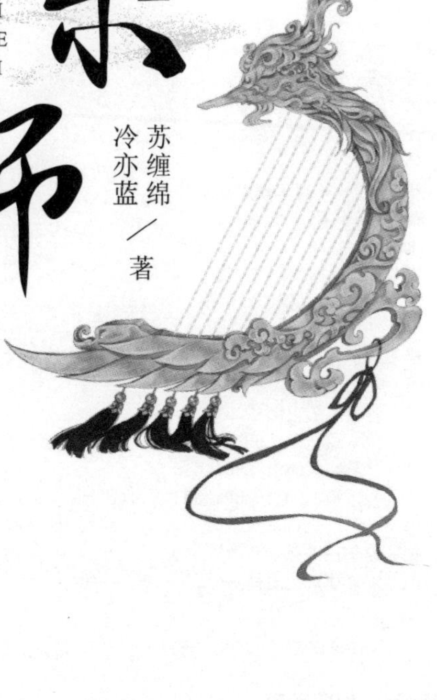

苏缠绵 冷亦蓝 / 著

吉林摄影出版社
·长春·

图书在版编目（CIP）数据

执乐师 / 苏缠绵，冷亦蓝著. -- 长春：吉林摄影出版社，2018.9
（意林新武侠）
ISBN 978-7-5498-3518-8

Ⅰ.①执… Ⅱ.①苏… ②冷… Ⅲ.①长篇小说-中国-当代 Ⅳ.①I247.5

中国版本图书馆CIP数据核字(2018)第191695号

执乐师 ZHIYUESHI

著　　者	苏缠绵　冷亦蓝
出 版 人	孙洪军
主　　编	顾　平　杜普洲
责任编辑	施　岚　孙　瑜
总 策 划	蔡　燕
丛书统筹	黄　磊
策划编辑	黄　磊
设计总监	资　源
特约编辑	赵　军
封面设计	资　源　杨　倩
美术编辑	金　宇
开　　本	880mm×1230mm 1/32
字　　数	150千字
印　　张	6
版　　次	2018年9月第1版
印　　次	2018年9月第1次印刷

出　　版	吉林摄影出版社
发　　行	吉林摄影出版社
地　　址	长春市泰来街1825号
	邮　编：130062
电　　话	总编办　0431-86012616
	发行科　0431-86012602
网　　址	www.jlsycbs.net
经　　销	全国各地新华书店
印　　刷	河北鹏润印刷有限公司

书　　号　ISBN 978-7-5498-3518-8　　　定　价：29.80元

版权所有　翻印必究
（如发现印装质量问题，请与承印厂联系退换）

CONTENTS

序章	琅羽之祸（苏缠绵）	1
第一回	五乐之音（冷亦蓝）	21
第二回	前尘往事（冷亦蓝）	39
第三回	白灵山主（苏缠绵）	47
第四回	夜罗圣女（苏缠绵）	75
第五回	箜篌雁沉（苏缠绵）	105
第六回	五音迷阵（苏缠绵）	125
小剧场一	龙悦君兮（冷亦蓝）	139
小剧场二	艳倾天下（冷亦蓝）	149
小剧场三	长生幻梦（苏缠绵）	173

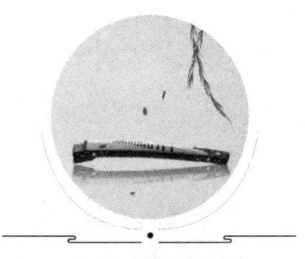

序章
琅羽之祸

一

天下划分为十洲。

煜、鹭、昙、溟、琥、琅、砂、鸣玥、紫华。此九洲为凡俗地界,又有妖鬼精魅横行,故而常有战乱,时日不平。

而除此之外,又有仙洲九曜,浮于九洲东侧碧冶海上空,遥遥而悬,洲上有香花玉树,珍禽异兽,不起纷争,永无干戈,是一处仿佛永久平静祥和的宝地。

这种平静与祥和,自然为人所向往。

但能够居住在九曜洲的只有仙人。

仙人,不生不灭的存在,有如天地间的奇迹。

事实上,九曜洲的仙人,曾经都是凡界生灵,只不过修行

得法，得以飞升成仙。

万物有灵，俱可修仙，包括人类。

九洲之内有无数修仙者，形形色色，成千上万，修行也并无定法，久而久之便聚成了一众修仙门派。

这其中，有一玄门位于琅洲最东，号琅羽，与仙洲九曜隔海相望，更显门内修仙的决心。除琅羽自成一脉遗世独立之外，其余修仙门派中又以六大派为第一阵营，门下弟子以道友相称提倡互助，现尊玄晶门为首。

琅羽建派至今一千余年，门内飞升九曜者已有十人；而放眼九洲大地，其余所有修仙门派飞升者加起来也不过六人；也因此琅羽被世人誉为九洲第一派。

多少年来无数人希望求拜入门，却因其弟子选拔极为严苛，到头来琅羽门人数量反而不如其他一般门派。

至于琅羽掌门，更是由弟子中资质最高的一位担任。琅羽传至如今已是第六代，前五位掌门尽皆飞升成仙；尤其是开创琅羽的那位师祖，传说中他天资极高，只用了百年便成功渡劫，现已成为九曜洲颇具身份的上仙。其后各代掌门虽也修成，但论起修为，均远远不及。

不过，亦有弟子偷偷议论，前不久刚接管琅羽的第六代掌门，虽已届百岁还未飞升，修为却较前几代掌门高出许多，看情形离飞升并不久矣，应是继师祖之后第二人。并且，在他的引领下，门内弟子修习得法，琅羽声威比之过去大为提高，堪称建派以来最为辉煌的一代。

天道却言，盛极而衰。

二

这日，一道兽形白影穿破结界，轻松跃进洗心湖水，便直往琅羽门后院而去。

已是子时，后院弟子多已熄灯入睡，唯有经堂还亮着一盏烛光。

小兽推门而入，找了块松软的垫子，蜷起来懒懒打了个哈欠。主人吩咐的这场游戏，也不知是否好玩。

很快，它耳朵一抖，意识到有人接近，正欲躲藏时，竟有一股风刮开房门；再一眨眼，视线已被立在眼前的身躯遮挡。

小兽抬眸，眼前的男子长身玉立，穿着一袭藏蓝丝袍，颇有仙人之风；再往上看，他长发如墨，眉眼温润，此时正噙着一丝笑意端端盯着自己。

从感知来人的气息到他站在眼前，相距不过刹那；他居然能隐蔽气息到如此地步，有点儿意思。小兽眼眸微眯，舔了舔自己的前爪。

"你就是琅羽掌门？"

"正是，在下泽生。"名为泽生的男子微微点头，似乎丝毫不惊讶一只狮形幼兽居然会讲人语。

"那好，想请掌门帮个忙，容我在此躲避几日。"

"既如此，这间经堂便让与阁下。"

小兽微微惊讶道："你不问我发生何事？"

泽生面上波澜不惊，嘴角含笑道："既入琅羽，便是贵客，何必在意许多？"

小兽盯他半晌，却无法探得破绽，只好扬扬爪："你回去吧，本座困了。"

泽生依言离开后，小兽弯起眼眸，露出不怀好意的笑容。今夜初次照面，这人看上去有几分本事，但不知明日的局面，他又会如何应付？

一夜好眠。

第二日清晨晨修期间，身为掌门的泽生正领门人闭目凝气，忽然，他却似有所感知，蓦地睁开了眼。

不多时，便有守值来报，洗心湖外集聚六大门派，声声叫嚣着要琅羽门交还杀人凶兽，言语间极尽辱骂之词。

琅羽太商君沉不住气，率先起身道："我九洲第一修仙门派，怎可能收容什么凶兽？他们血口喷人而已！掌门师弟，我这便带几个人出去赶他们走。"

这位太商君乃是上任掌门的首席弟子，亦是泽生的师兄，素来脾气急躁，容不得有人欺到头上。

不待泽生说话，太羽君却悠悠道："师兄，不可，原本六大派便与我派不合，说不定只是寻个借口前来闹事。掌门师兄一直以来不愿与他们为敌，你这出去硬碰硬并非上策。"

说到"不愿与他们为敌"时，太羽君阴沉沉地瞥了泽生一眼，唇角不屑地轻轻一勾。

"那你说怎么办？"

"依我看，琅羽结界是本派师祖所设，放眼天下无一人可破。任他们如何叫嚣，反正无法踏进我洗心湖一步，不如随他们去吧。"

太商君听罢又气又急："师弟，你这是什么馊主意？难道任我琅羽被围攻辱骂，也不能还手？"

太羽君斜他一眼："我不是这个意思，只是觉得这帮小人显然想以言辞激怒我们，你越在意，他们越来劲，索性不理，时间长了他们便知自讨无趣了。"

其余弟子面面相觑，看着师伯和师叔相持不下，只盼着掌门师父能拿个主意。

"掌门师弟，你意下如何？"太商君誓要寻个说法。

众弟子皆看向掌门。

泽生眉目淡然，重新合上了眼，似乎认同了太羽君所言。太商君见状，也只好不服气地坐下。

然而守值再次来报：六大门派入不得洗心湖，竟拿附近森林里的生灵撒气，飞禽走兽、花叶草木均不放过，败亡之气已飘至湖岸。

泽生赫然睁目，眉锋微挑，眉宇间隐有怒气。弟子们伏地跪下，不敢抬头，他们入门多年，见到的师父永远是谦谦君子的模样，这般动怒尚是第一回。

太商君红了眼眶，再次进言："师弟，他们欺人太……"

话音未落，只见一道光影闪过，掌门已不在大殿之中。

其余弟子愣怔片刻后，便也赶紧跟在师父身后冲到殿外。

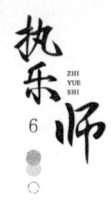

三

六大派来势汹汹,此时已在湖岸边围出了一套面向湖面的鱼鳞阵法。阵眼由玄晶掌教领座下二十名弟子把守,人人手持法扇暗中运气,蓄势待发。

洗心湖上,一位谪仙般的人物远远踏水而来,飘然落于湖畔。如墨长发随着他的落定缓缓垂于身后,丝袍上的系带也随即静止。他眉目温润,气度高洁,仿若一朵遗世独立、不染纤尘的清荷。

他虽只有一人,但强大的气场硬是逼得围在湖岸的六大派百余人后退数步。

"是你们,在我琅羽护佑的森林里撒野?"

语中并不含什么情绪,但六大派的人听在耳里,却感阵阵萧肃之意,纷纷垂首,不敢逼视。

只有一道穿着曳地连帽斗篷的身影,隐蔽在人群之中,虽也随众后退几步,却未露一丝畏怯。

看她身形,应是位女子。

她的脸被宽大的帽子遮住大半,但身体直直面向琅羽掌门所在的方位,嘴角依稀浅浅弯起。

好戏,刚刚开始。

"你就是琅羽掌门?来得正好!"鼓起勇气喊话之人是玄晶门掌教,此次六派集合正是他带头发起,因而此刻实在不宜退缩。

他稳住颓势，上前两步，催动真气扬声道："凶兽杀了我六派弟子二十余人，我等定要将它正法。"

玄晶门既为六派之首，其掌教想必也有几分不凡。此刻他故意令真气随着话语外泄，在空气中激起阵阵音波，足见实力不容小觑。

却只听泽生冷淡道："我琅羽从未收留凶恶之物，望你们速速离去！"

"我派弟子亲眼所见，凶兽正是跃入洗心湖没了踪影。或许那凶兽太过狡猾，瞒过了掌门眼睛，不如容我等进琅羽查探一番如何？"

说着便又上前两步。身后的玄晶弟子纷纷祭出法扇，在他们的掌教身前聚成一道太极八卦防御墙，为他护法。

泽生眉心微蹙，掌中捏诀挥动袖袍，竟生生掀起一股强风，刹那间摧毁了空中的太极八卦墙；就连玄晶掌教也被刮得后坐在地，手执的法扇也摔在了地上。

"我琅羽之地，容不得污秽踏入。若再放肆，休怪我不留情面。"

"你！"掌教丢尽了脸，再顾不上形象，吼道，"你琅羽自立派以来从不与其他门派结怨，今日你却要破例？"

泽生清冷一笑："不与他派计较，只因不屑，非是不敢。"

"你敢发誓，凶兽不在你琅羽？"

"并无凶兽。"

玄晶掌教再也问不出什么话来，快快站起来，似乎知道面对泽生难有所获，可又一时想不到突破的办法。

僵持之间，洗心湖面突然浮出一道白色幼狮兽影，欢腾地奔到琅羽掌门身边。

斗篷下的女子远观此幕隐隐发笑，这只狮子来得及时，这下子这位仙风道骨的掌门怕要伤脑筋了。她再定睛看去——

玄晶掌教已气得颤抖，指着小兽急道："它就是凶兽！它是从你洗心湖下出来的！"

言下之意，刚刚琅羽掌门所有否认都是赤裸裸的包庇。

"哟，老头儿，带人抓我呢？"小兽戏谑地调侃道，更让六派之人义愤填膺。

"堂堂修仙之地，竟然收容如此大凶大恶！"

"今天必须把凶兽交出！"

"对！杀了凶兽告慰我师兄师弟师姐师妹！"

群情汹涌，此起彼伏。

跟在泽生身后的琅羽弟子们不知所措，就连太商君都没了脾气，他着实没料到门内竟真的藏着一只会说话的小兽。

太商君在泽生身后低声道："师弟，不如把这小狮子给他们吧。"

所有人都在期待琅羽掌门的反应。

斗篷女子目光灼灼，等待着他的选择。他的选择，将决定她的选择。

四

只见琅羽掌门在众人焦灼的视线中，面向六大派，站在了幼狮身前。

玄晶掌教大吃一惊，痛心疾首道："你是否还被蒙在鼓里？这野兽的真身，可不是一只幼狮而已！"他拈指捏诀，快速放出一道法咒，朝小兽袭去，似要逼它现出原形。

泽生抬手，覆掌，将法咒纳入自己手中，轻松化去。

小兽嗤笑一声，戏谑道："原形而已，你若喜欢，这便现给你看。"

说罢，它抖了抖头颈的毛发，身躯紧绷，发出一声雄浑的狮吼。一道白光包裹其上，待片刻后散去时，那只小狮已化为威武高大的雄狮，白色鬃毛迎风飘荡，王者之气一览无余。

"凶……凶兽要杀人了！"不知是谁喊了一声，吓得其余六派弟子连连后退，亮出了各自保命的武器。

玄晶掌教再也按捺不住，启动法扇，运行真气，最后一次警告道："你当真要与六大派为敌？"

琅羽掌门不动如山："我偏要护它到底，你待如何？"

"那就休怪我们以多欺少！变阵！"玄晶掌教一声令下，六大派立即由防御的鱼鳞阵变换为进攻的锋矢阵。然而在巨大的心理压力之下，六派弟子多有力不从心之人，演练过无数遍的锋矢阵此刻竟站得歪歪斜斜。

但六派同气连枝，素日里并肩战斗的次数不少，很快他们便互相鼓气振作起来，尽力压制住心中的惊惧，回归了正轨。

扇、剑、弓、矛、鞭、戟,六派各自将自身武器灌注真气,催动阵法朝洗心湖缓缓推进。

门派大战,一触即发。

太商君见状再也忍耐不住,对全体琅羽弟子说道:"随我一同迎战!"

众琅羽门人也是气度激昂,不畏以区区十几人对抗六派百余人。只是他们刚往前迈出两步——

泽生横臂一挡,竖起一道气墙,拦住一众弟子。

太商君急道:"掌门师弟这是为何?难道真要任他们践踏我琅羽尊严?"

太羽君倒沉得住气,抱臂如作壁上观:"大师兄急什么?你又不是琅羽掌门。"

泽生眸色一沉,执手在虚空处轻轻一点,便从浮现的法阵中化出一张古琴。古琴悬于身前,泽生凝息于指尖,于琴弦上凌厉地一拨。

一道气剑破空而去,直直冲向锋矢阵前刃。镇守前刃的玄晶弟子起先还能运气抵抗,但很快就被更强烈的琴音扰乱,阵形溃散。

紧接着,道道琴音奏响,空气似乎被琴音裹挟,化成一柄柄利剑,将整个锋矢阵切割得七零八落。

更令人恐惧的是,琴音变调之后化为肉眼可见的气蕴,把玄晶掌教隔绝在内,旁人靠近不得。

泽生手中琴音忽然停止,只听他淡淡道:"毁我森林的过节，现也一并报了。"

高手出招，总让天地色变。

只见藏蓝色的身影跃入空中，身法灵巧，气流涌动。他将古琴抱于左臂，右手拨弦，再次奏响琴音。玄晶掌教被音符的重压死死封于地面，只能疲惫地应对。

两旁的六派其他掌教皆看得呆了，莫敢擅动。他们虽修为不高，但一眼便能识出琅羽掌门的真气之中已然仙意盈盈！离飞升成仙恐怕只差渡劫一步。

他们全加起来，也不是琅羽掌门的对手。

不多时，玄晶掌教被一道气旋包围，再也动弹不得。

泽生重回众人视线，竟那般气定神闲，连一丝喘息都不曾有。

气旋逐渐施压，逼得玄晶掌教不得不跪在地上。

"饶命！饶命！"他直到现下才懂得害怕。

泽生神色如常，不悲不喜，似乎并不打算放过他。

"你毁我森林，污蔑灵兽为凶兽，我如何饶你？"

一句话又让在场所有人一惊。

灵兽？

琅羽掌门说这只威风凛凛的白色雄狮，是连同九曜洲在内的十洲都十分珍稀的灵兽？古籍上说，灵兽灵力极高，能化人形，还能与仙人结契，灵脉相连。他们从来只当传说来听，不承想世上真有灵兽一物。

"喊，原来你早就知道。"白狮似觉无趣，失望地叹了口

气,周身再次被白光包围。众人再定睛一看,哪里还有什么白狮,眼前倒是出现了一名银色长发、琥珀色瞳仁、身材高瘦的男子。他双手合抱在脑后,一副继续看热闹的样子。

玄晶掌教见状大骇,频频磕头,似乎知晓死期将至。

"我不会饶你,除非——"泽生微微一笑,视线忽然投向六派人群之中,温柔道,"除非我派师祖亲自令我放了你。"

所有人再次愣住。这一次,连刚刚化为人形的灵兽也露出了惊讶的神情。

五

披着曳地斗篷的女子,自人群之中缓步而出。

无人能看见她的面容,却望之身影便觉不凡。

女子步至掌门身前,催动气息,遮头的帽子便自动滑至肩后。她的脸净美无瑕,眼里含着淡淡笑意,自有一股只可远观的神圣之美。

唯一可惜的是……她的头发,不知为何竟已全白。

她究竟是什么人?

琅羽掌门缓缓抱掌于身前,单膝着地,埋首道:"弟子泽生,拜见师祖。"

一声拜见,似惊雷炸响。刚刚还在为灵兽现身而惊奇的人们,此刻又坠入更深的惶恐之中。琅羽一众弟子懵懂无知,倒是两位护法率先反应过来,连忙领弟子们跪下叩首。

掌门称这女子为师祖,即是说,她便是琅羽创派之人,在千余年前便已飞升，如今名动九曜的卿袖上仙！

"都起来吧。"卿袖上仙笑叹道，"想不到我如此隐藏身份，还是被你识破了。"

泽生依言起身，答道："初登湖岸时虽觉察到隐隐仙气，但并不太确定师祖的身份，直到这位——"

他微微侧身，由灵兽化形的男子上前来："吾名芜菁。"

泽生抱掌见礼，继续道："直到芜菁大人上岸，与师祖交换了一缕灵力，我方才确认。"

卿袖闻言，微感意外。她与芜菁只是快速交换了一个信息，以他们二人仙力之高，竟还能被泽生捕捉到痕迹。

如此看来，这位琅羽掌门比她想象中的更加天资卓著。

芜菁奇道："就算你猜出我和卿袖认识，又如何知晓她就是你琅羽师祖？"

泽生一手负于背后，一手垂于身前，嘴角含笑道："因为琅羽结界为师祖所设，非琅羽弟子绝不可进。而你既能入我琅羽，唯一可能，便是你与师祖订立契约，灵脉相连。"

"喊，什么都被你看穿，没劲透了。"

芜菁看似浑不在意地背过身去，卿袖却在他面上瞧见了赞许的目光。她心思百转，矛盾万分。泽生的修为、思维和洞察力，都是世所罕见。琅羽门得到这样一位优秀的弟子，本可于他手中立下万年基业，可上天偏偏要让琅羽……遭遇劫数，毁于旦夕。

不，她不能容许一手创建的门派就此湮没于世。

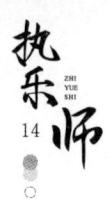

卿袖复杂地看了泽生一眼。

既已亮出身份,她便也不再藏匿仙气,挥袖一舞,凭空幻化出一把乌木箜篌。将箜篌置于地面,她信手拨弦,奏出一曲小调。

音符流淌之间,道道光晕凝结,在天空编织成一片光网。

"去!"

卿袖拨响最后一个音符,素手轻扬,光网便飞至森林上空,跟着缓缓旋转起来,一边旋转一边又分解为光雨降下,润泽整片森林。

片刻过后,当天空光芒归于宁静时,被六大派破坏屠戮的森林已重现勃勃生机,仿佛一切都未曾发生。

六派弟子瞧得瞠目结舌,得观仙人之姿,此番真不算白来。

卿袖面向伏地求饶的玄晶掌教,肃然道:"芜菁所杀六派弟子,具是修炼邪法,已被精魅掏空的躯壳。若不除之,便会殃及其他弟子。至于芜菁的内丹,你们消受不起。"

言下之意,六派追捕灵兽只因觊觎他的内丹,并非替弟子报仇。

她冷厉的目光一扫,激得六派掌教都心虚地跪下。"望你们好自为之。"

"还不快滚!"

芜菁下了驱逐令,六派之人再不敢留,顷刻间作鸟兽散。

泽生请道:"师祖,回琅羽吧。"

其余门人也纷纷跪地恭迎。

卿袖却摇了摇头:"不必。"

越近琅羽,越多几分俗世牵挂。她身为上仙,窥探天机已是不该,更不能再沾染凡尘俗务。

"我来这里,是有几句话想单独嘱咐于你。"

泽生会意,不再多言,只吩咐琅羽门人先行退散。

卿袖未曾明言的是,她此行让芜菁挑动六派包围琅羽,便是为了考验泽生有无辨识是非之心,有无坚如磐石之志。

所幸,他没有让她失望。也因此,才有接下来的嘱托。

六

茫茫洗心湖岸,只余三人身影。

"恭听师祖教诲。"

卿袖面向湖水,伸手轻触半空,便见淡黄光罩闪现,笼罩整片湖水,一眼望不到尽头。

"琅羽结界,为我所设,是为将洗心湖下灵气汇聚,并屏蔽湖水,在湖底形成修习灵法的天然道场。放眼九洲,再无一处灵脉能与此处相比。"

泽生静静地凝望着她,认真倾听。

卿袖正色道:"但你可知,结界一旦毁坏,将会如何?"

泽生郑重回道:"结界一旦破毁,将令琅羽灵力溃散,生机断绝,千年根基不再。"

卿袖微微叹息:"是的,结界若毁,琅羽覆灭。我此次下

界,便是因为窥得天机,看见了琅羽门覆灭的那日,以及……毁坏琅羽结界的一道人影。"

她直视着泽生,看见他面上微露讶然。他定是知晓窥探未来之事是要付出巨大代价的,更遑论还将此事告知于他,等同泄露天机。

又见泽生的目光落在自己的白发之上,生出一丝了然。他忽而单膝跪下,埋首道:"师祖放心,弟子誓死守护琅羽。"

卿袖轻合双目,一字一字徐徐道:"那道人影看不清晰,却依稀可辨穿着琅羽道服。"

言下之意,覆灭琅羽的罪魁祸首,恰恰是琅羽门中弟子。

泽生乍然抬头,眼里闪过一丝震惊。在师祖窥得的天机中,琅羽门人能够破坏结界而未被泽生阻止的原因只会有一个,便是他已遭遇某种不测,根本无力阻止。

但刹那间,他已收敛神色,复又低头,坚决地道:"纵有一息尚存,决不许任何人擅动琅羽。若违此誓,愿受天罚!"

他目光清明,神色坚定。卿袖已成仙千年,自是看得出他的真心。

但,天定劫数不可转圜,琅羽覆灭也无可更改。

"天意,不可违。"

泽生未再露惊讶,淡然接道:"师祖既将天机告知于我,想必另有对策。"

卿袖甚觉欣慰,这位琅羽掌门果然灵慧无双,说不定,他真有扭转乾坤之能。

"不错,琅羽覆灭虽无可更改,但我有一法,可助门派再兴。"

"望师祖明示。"

卿袖捏诀,祭出一道法阵,阵中浮现出三件乐器,依次飞至泽生面前。

一把金丝楠木琵琶,一把红酸枝排箫,一扇青铜编钟。其上仙气缭绕,一眼便知不凡。青铜编钟是她亲手炼化,琵琶和排箫也是用她在九曜洲亲手种下的仙木所制。

"你须记得三件事。其一,这三件乐器,你需得各寻一名适合使用它的弟子。"

"其二,你需要一个琅羽覆灭后,能继承你的意志、以门派复兴为己任的人。"

"其三,你需要五名弟子用五件乐器来催动一个阵法。"

泽生抬头看向她,她自然懂得他眼中的一丝疑惑。在种下金丝楠木和红酸枝木的同时,她其实还种了一棵颇有灵性的小叶紫檀,却不小心让它跌落凡间,暂时寻不到踪影。

"第四件乐器,也许另有一番机缘吧。"

卿袖如是说,泽生便不多问。

"至于第五件乐器,正是我这把乌木箜篌,但现在不能给你。我会将它收在九洲某处,等到时机成熟时自然现世。"

泽生珍而重之地接过三件乐器,却一句也没问,他自身是否会有危险,是否将陨落于琅羽门这场避无可避的劫数中。

"言尽于此,你且回吧。"

"弟子，定不负所托。"泽生起身，旋又抱掌垂首，"恭送师祖。"

卿袖最后看他一眼，转身缓步离开。她先前也曾窥探过泽生能否飞升成仙，可他的未来却被层层迷雾掩盖，看不分明。

只盼他一切平安。

芫菁探过头来对泽生道："我族中有一位后辈，名唤洪连，居于滇洲。若将来你有用得着他的地方，就把这件信物给他。"

芫菁抛出一个白色绒球，稳稳落入泽生掌心。

"多谢。大人于他可有嘱托？"

"嘱托啊……"芫菁望着卿袖的背影深深一叹，"你帮我告诉他，将来万万不要与女仙结契。她们啊，太任性了。"

说完，他便快走几步，追上了卿袖的步伐。再回头朝泽生挥手道别时，他已满脸暖意，笑得灿烂。

芫菁变回白狮，载着卿袖往九曜洲飞去。

卿袖伏在他背上，感受到心头大石放下后的松快："如此，我便能安心回九曜洲睡上几十年了。"

窥探天机必伤灵体，她即将陷入沉眠。

芫菁狮眸一暗："趁你睡着，我去寻寻万年何首乌。"

卿袖无奈笑道："我这白发也是应了天罚，变不回来的。"

芫菁撇嘴，似是不屑她的不自惜："我不管，给你补补耗损的灵力也是好的。"

她已撑了太久,此刻终于不支,感觉身子越来越沉,渐渐听不清芜菁说了什么。

他回头看看她紧闭的双目,便加快速度,直冲云霄而去。

"但我保证,等你醒来那天,第一个看见的人一定是我。"

七

若干年后,琅羽门大祸终降。

水,到处都是水,浩浩荡荡,一片汪洋。

无人能破的结界被人从内部毁坏,湖水涌入,琅羽门淹没在浩瀚湖水之下,死气沉沉。运气好的门人四散逃去,逃不开的便成了泡在水中的死人。死人的眼中,似乎还残留着无限的眷恋与深深的绝望。

祸不知何起,但一切都因此而结束了。

昔日被誉为九洲第一的琅羽门,就此一夕覆灭。

而这场大祸,不过是一切的开始……

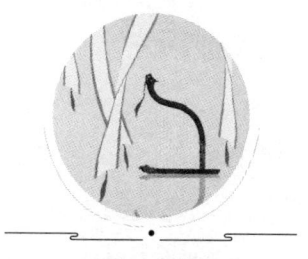

第一回
五乐之音

楔子

蒹葭苍苍，白露为霜。所谓伊人，在水一方。

白柔一袭白纱，缥缥缈缈地站在水畔，三千白发凌乱地迎风而起，她呆呆地注视着平静的水面，她知道，水下的琅羽门，已然覆灭。

琅羽门的人，伤的伤，死的死，逃的逃，散的散。曾经兴盛一时的修仙门派，一夜之间，彻底覆灭，烟消云散于这世上。

白柔的腿微微打战，就那么跪在了水畔。

她的排箫在背后低沉地嘶吼，她知道，琅羽门内有叛徒，这人偷了琅羽的觅仙鼓。

那个人！那个人……

是他！他毁了琅羽门！毁了琅羽的千年基业！她身为乐执令，一定要把此人抓住，以琅羽门规处置，夺其艺，罪其身，了却其性命！

琅羽在的时候，师父曾对她说，今后琅羽会毁在自己人的手上，因此师父让她多加小心，多多留意门内弟子，白柔几乎每时每刻都在监视门人，然而，她没有想到的是，背弃师门毁掉琅羽的人不是寻常弟子，竟然是琅羽门的太羽君，师父的师弟，她的师叔！

不，他已经不是她的师叔了，他的名字是——

凤岐。

她犹记得初来琅羽门不久，她识字有限，是这个人拿了纸笔每日教她写字；是他，说她生来就是被人视作不祥。性子刚强易折，不如叫作白柔；他更把自己的名字写在纸上，给她一个一个讲解：凤岐，凤栖梧，凤凰是一种神鸟，非梧桐不栖，非练实不食，非清泉不饮……

就是这个人，在琅羽门内偷走了觅仙鼓，甚至害得师祖设下的御水结界破裂，琅羽门由此覆灭。

身后的排箫犹在嘶吼，它是掌门亲手交给自己的宝物，它明察秋毫，任何门人有叛门之举都逃不过它的感知，它会指导白柔进行接下来的每一步，但，它不能御敌。

排箫现下没有任何攻击性力量，若以它为武器，白柔敌不过琅羽门修为仅次于掌门的凤岐。

她必须变强，必须将排箫的力量召唤出来，若排箫完全觉醒，她就可以抗衡凤岐。但，也不仅仅如此，她还需要铸成能寻到任何人的神器玲珑埙，有了觉醒后的排箫和玲珑埙，她就可以惩罚琅羽门的叛徒！

师父说，声有五音，人分善恶，身为乐执令，要保这调正曲纯，除去不守规矩之人。

无论掌门是活着，还是死了；无论这门派是在，还是散了。规矩就是规矩。违反之人，哪怕是血脉至亲，也要亲手了结。正是因为信着她的冷血无情，师父才将辈分最小的她提至如此

高位，琅羽门中无人不惧她几分。

只是除了那个人。只剩下那个人。那个她一忍再忍，故意留在最后了结的人。

等不得了。十八凤箫发出嗡嗡蜂鸣，似乎在提醒她这最后要惩处的叛徒。

师叔，可还记得当年黏着你要糖吃的小师侄柔儿吗？这排箫虽是师父所赐，你却告诉我说，排箫也叫凤箫，它随你姓凤，带着它，就好像师叔一直护在你身边，如爹爹一般，保你无忧无愁。

师叔，你且等一等，柔儿这就来取你性命了。

一

如何唤醒凤排箫？似乎需要一种缘分，属于它的那份情感的注入。

白柔明白这一切可遇而不可求。

凤排箫在等待一份属于它自己的执念情深。白柔在暮天城等待着唤醒凤排箫的机缘。

白柔守在城外后山山麓。

每当她来到这里的时候,她的凤排箫正发出轻柔的呜咽声,似一个少女的倾诉,如泣如歌。她知道这里便是凤排箫的机缘,那个人必将出现。

后山的风很肆意,杂草丛生,一间破庙在背阴之处,很是萧瑟。

白柔安静地坐在一棵不知名的花树之下,凤排箫悬在空气中,风吹过,凤排箫的声音突然更加激越起来。白柔一惊,那个人来了。

她叫桃玉,暮天城城主宋竞的妻子。

这几日,因为后山有怪物作祟,因此决定前来查看,桃玉没有想到后山竟然如此地破败,一阵寒意袭来,让她禁不住打了一个冷战,就在这时,一个巨大的黑影从古庙中扑了过来,如此之快,让人来不及思考,桃玉几乎是情急之下的闪避。

向后腾跃了数十丈远,她勉强站立,桃玉已是气喘吁吁,再去看前面的怪兽,竟然如此巨大,面目丑陋不堪,眼神凶恶,嘴角流涎,视桃玉为盘中之餐。

桃玉吓了一跳,转身就逃,可这般弱小的身子根本不是他的对手,那怪物将她重重扑倒在地。她已无力与之搏斗,用手死死抵住怪物张开的嘴,腥臭味袭来,让她难以呼吸。

"救命!谁来——"她刚想叫喊,那怪物的前肢已经死死扼住了她的喉咙,那力量之猛,她根本毫无反抗的机会。

一阵箫声忽然高亢地响起,惊得草丛中的麻雀纷纷飞走,怪物闻声捂住了耳朵，满地打滚号声凄厉，乐音停下，那怪物连滚带爬地逃离了，快得如同风一般。

桃玉忙整理了下衣服，对奏乐之人千恩万谢："多谢救命之恩！"

她朝来人望去，只见对方头顶的帷帽上悬着黑纱，全身被一袭黑袍所笼罩，看身材似乎是个女子，便试探着问道："不知如何称呼恩人？"

那人开口，果然是个娇滴滴的少女："白柔。"

是的，来人便是白柔，惜字如金的回答，声音虽甜，却好像结了冰似的，没有一丝感情。

"白姑娘的大恩大德，桃玉必当厚报。"桃玉朝她点点头，语气中不自觉地带了几分优越的倨傲，"可否赏脸到府上一叙？"

虽然隔着一层黑纱，她却依稀觉得，那黑纱后的一双眼，似乎写满嘲讽。

二

白柔跟着桃玉来到暮天城城主宋竞的宅邸。

自从那只怪兽袭击桃玉之后，桃玉突然得了怪病，每天夜里都会焦灼不安，无法入眠，即使入睡，也噩梦连连，在睡梦中惊醒。

白柔的箫声似乎成了桃玉的救命之符，只要听到箫声，白柔便没有了惊恐与不安，慢慢地平稳睡去。桃玉开始离不开白

柔,每天夜里,都需要白柔助其睡眠。白柔清冷的目光看着桃玉,没有解释,也没有交流。

只是在心底淡淡地说:"睡吧,睡吧,也许她的时日不多了"。

桃玉的身影像一只怯怯的小狐,可怜兮兮地躺在床榻之上。

宋竞已经很多天没有来找桃玉了。

只是噩梦连连,已没有气力再去思考其他。

三

这一日,宋竞竟然来找桃玉。

桃玉惊喜,多少日没有见到城主,她以为宋竞早已忘记了自己,也许这便是自己日夜无法入眠,需要白柔吹奏凤排箫才能安神的原因。

宋竞还没有走进屋,月光下的影子已经投射进来,随后那身影走了进来,借着月光,桃玉看到了宋竞。几日不见,他竟瘦成这样,形销骨立,眼窝深陷,活像一具骷髅。

两人相视而无言。

烛火燃起,氤氲着一屋子温暖的光。

桃玉却只觉得刺眼,那红色的蜡烛如同鲜血一般,或者,真的是鲜血,只是觉得胸口冰冷,手触处,有一些温热的液体。桃玉低头,才发现一把匕首插在胸口。

"我早就知道桃玉已不在人世。"宋竞冷冷地说道。

她只是觉得眼前的一切变得很模糊,身体缩了回去,化成一只狐，逃开了。

四

那只狐停驻在白柔的身旁。

"桃玉早已离世，你只是爱着城主，不惜用自己的意念获得桃玉生前的记忆。"白柔喃喃地说，一面用手抚摸着那只温顺的狐，九只尾巴灵巧地摇晃着。

是的，桃玉曾是宋竞最爱的人，而它只是桃玉院内那棵桃树下的狐，它爱着宋竞，却自知自己的愚钝，不能亲近人类，直到有一天，桃玉在一次郊外出行中被怪物所伤。它获得了桃玉所有的记忆，幻化成桃玉的模样。

似乎一切都已如自己想象的样子，又似乎不是。

枉在红尘一遭，终究自己不是桃玉。

风吹了过来，它的故事激荡着凤排箫发出了激越的声音，比以往任何一次都清脆，箫声有了灵魂。

白柔知道，凤排箫被唤醒了。

五

骄阳似火，将黄沙晒得灼人。贺衣涵坐在骆驼上，嘴唇早已干裂，她伸手摸了摸骆驼上挂着的水囊，看见身后艰难跋涉的长长驼队，那只手，便缩了回来。

"当家的！前面昏倒了个女子！"手下来报，她将帷帽重重卷起，帷帽下的容颜被面纱遮着，只露出一双眼睛。她下了

骆驼去看，在沙丘后面看到了一个倒地的少女。

少女穿着层层黑纱，脸也被密实地裹起来，她轻得像一只小猫，贺衣涵可以轻松地将她打横抱起。给少女喂水时她发现这女子的肌肤白得罕见，忙又用黑纱遮了对方的脸。不多时，少女悠悠转醒。

隔着黑纱也能看见对方一双猩红的眸子，闪烁着小鹿般的小心翼翼的眼神，声音像黄鹂似的好听："多谢恩人……搭救……"

"姑娘少安毋躁，还有半天我们就能抵达芫城。"她将少女安顿在骆驼上，自己牵着缰绳在灼热的黄沙中行走。

她是白柔，在黄沙中，等待一种叫玲珑埙乐器的出现。

六

芫城是砂洲最西的城市，小城不大，依绿洲而建。因为地处偏远，环境恶劣，芫城居民不多，来此地的多为马帮商队，十几年前传出此地盛产黄金，人群一时间纷至沓来，却大多葬身于茫茫沙漠之中，而淘金者建立的芫城却保留下来，泽被后世。

贺家马帮是十几年前为数不多的真正淘到金子的马帮。贺家马帮本是响马出身，早年做过不少抢掠之事，在贺衣涵父亲那辈洗了白做起马帮淘金的营生，虽然艰难，却不至于躲着官府度日。

贺家马帮在芫城有处简陋的院子，回到这里天色已经将晚，喝过水吃过饭的白柔活泼得如同脱兔，一会儿乐滋滋地在院内张开双臂奔跑，一会儿跑到贺衣涵身边甜甜地唤她不停。

"姐姐，姐姐！"这不，这丫头又来了，银色的发丝蹭着贺衣涵的胸口，"姐姐为何终日覆面？能不能让我看一眼？就看一眼！"

白柔看起来年纪不过十三四岁，这教她起了怜惜的心思，轻轻抱住她，让对方枕在自己的膝上："说起来，你这样一个小姑娘，怎么会昏倒在沙漠里？"

"我喜欢上一个人，他把我从家里带出来，拿走我从家偷出的首饰钱财后，就把我从马上推了下去。"白柔鲜红的眼眸染上哀愁，晶莹的泪含在眼里，似乎随时都要坠下来似的。

"妹妹受苦了。"谈及情事，她心上一疼，本以为自己早已被这风沙日晒练就了一身铮铮铁骨，就连心也坚硬了，却不想提及情之一字，竟然还是如此痛人骨髓。

"姐姐……可有心上人？"耳边白柔甜糯的声音小心翼翼地唤起，她只觉眼前的一切都好像变了颜色。

一想起那个人，便教眼前的现实都黯然失色。

七

初次见他，也是在这茫茫黄沙的背景里。他那时昏迷不醒，是她把自己的水囊里的水全都给了他，才换他一条从鬼门关徘徊而归的性命。

第二次见面，她才知道，贺家马帮当年做响马时曾经灭了

他所在的门派，他忍辱负重练就一身武艺，就是为了杀掉贺家马帮当家，令马帮群龙无首崩溃瓦解。

当他的刀朝她刺来的时候，她确实是猝不及防的，本以为自己会这样殒命当场，可那刀尖在距离她面门半尺的时候生生改了方向，那刀深深地刺进她身后的沙丘，刀客冷冷地瞪着她，道："你救我一命，今日，我不杀你。你我再见之日，我必取你性命。"

不过半个月，刀客果然来了，不过这次他没有偷袭，而是与她光明正大地大打出手，她和他在茫茫大漠中兵戈相见，骄阳之下，只有他们二人兵器交接的声响。刀客的武功果然高她一筹，但他似乎并不急于取胜，好像是在摸清她武功套路一般。

就在二人交手的时候，沙暴如同悄无声息的鬼魅般笼罩过来，当察觉到的时候为时已晚，当天地都陷入混沌时，二人来不及找躲避之处，刀客一声不吭地扔了刀冲过来，拉着她躲在沙丘后面。

沙子将他们层层掩埋，耳边是呼啸的风声。灼热的黄沙让她几乎生出幻觉，仿佛这里不是漫天席地的黄沙，而是一片炽热的熔岩海洋。

这便是他们的相识，也因此，她爱上了这个叫昆仑的刀客。

贺衣涵从一边口袋里掏出一只埙来，白柔整个人为之一震，她认识这只埙，就是她要找的那只玲珑埙。

"这是他与我分别的时候,送我的,算是定情之物了吧,他说过要娶我。"贺衣涵淡淡地说,然而有些事情并不是天随人愿的。

世上哪有那么多美满。

八

李将军突然向贺家提亲,这是一桩双方都得益处的婚事儿。双方自然都答应下来,贺衣涵如何去违逆长辈们的意愿。是不想违逆吗?还是其他?

马帮这几日在芜城休息,白柔也乐得和贺衣涵玩在一起,有时玩得累了,白柔时常把玩随身携带的排箫,偶尔吹奏几曲没听过的小调,那乐音虽然简单,但不知为何,落在贺衣涵耳中,却是每个音都敲动心扉。有时候,白柔明明吹的是欢快的小曲,却让她情不自禁地落了泪。

"我可真是怪人呢。"贺衣涵忍不住苦笑,"你这曲子,大家听了都觉欢喜,为何只有我一人觉得闷苦难挨?"

"说明姐姐心思剔透玲珑,能解这曲中深意。"白柔收了排箫,脸上泛起淡淡的笑容,不知为何,贺衣涵觉得那笑容中,似乎别有深意。

她不知道,在她熟睡之后,白柔低声如同自语一般的声音:"此曲为《百兽调》,唯有灵兽能解其音,姐姐,你难不成忘了自己的真实身份?"

很快便到了大婚这日。她和侍女坐在闺房之中,对面是一

件大红的嫁衣,喜气冲天,几乎映红了整个小屋。

锣鼓喧天,浩浩荡荡的求亲队伍进了芜城,队伍里多是壮实威武的将士,最前面的高头大马之上,新郎官胸前缀着大红花,意气风发,风流俊逸,那不是李将军是谁?

吉时已到。新娘子一身大红嫁衣,袅袅婷婷地从院内走出来,

她顶着鲜红的喜帕,忽然脚下一个趔趄,喜帕滑落在地,李将军眼明手快,忙将娇妻揽在怀里。

喜帕虽然掉落,贺大小姐仍是覆着往日的面纱,她任新郎官扶着自己的纤纤细腰,慢慢走进花轿。

这大喜之日,新娘子将一头乌发高高盘在头顶,裸露的额头光洁可人,眉梢眼角之处,肌肤白皙光洁,美得没有一丝瑕疵。

没人在意贺家大小姐的贴身侍女去了哪里。

九

贺衣涵站在荒凉的大漠之上,残阳如血,将她单薄的影子拉得很长很长。

"没错,我并不是真正的贺家大小姐,"她的声音自嘲而哀伤,"我是一只生长在沙漠绿洲中的蝶螈,我向往人间红尘繁华,贺家小姐在接手马帮的时候因为一次失误愧而自尽,于是,我变成了她的模样。"

她孤零零地站在暗红的沙砾之上,不远处,沙暴已起。

"可我虽然身为妖物，却也有了人的七情六欲！"她高喊道，"我有何惧？大不了重新修炼百年！"

"昆仑，你在哪里？"茫茫大漠中，凄厉的女声高亢得好像沙暴般势不可当，"你不是在找我吗？"

没有回音。

女子满脸泪痕，表情倔强，狂风吹乱了她一头青丝，眉角的绛紫色花朵好像一只待飞冲天的凤，她忽然"哈哈"大笑起来：

"是啊……三年了……他早就死了……"

原来当年，他们虽然对贺衣涵和昆仑的情事稍有了解，但笃定昆仑此举不过是诛心为上，灭门之仇他不可能就此罢休，和贺衣涵谈情说爱不过是表面功夫，暗地里，他必然酝酿了更大的计划，只为瓦解贺家马帮。

所以几位长老和帮内武艺高强者数十人设下陷阱，将昆仑困在了茫茫大漠之中，三年了，昆仑消失在这茫茫大漠之中，无水无食，即便没有受重伤，也是活不了多久的。

可她不肯信，武功那么高强的昆仑，怎么会就这样轻易地死了？

她早已筹划好了贺家马帮的未来，她要将马帮交托给官府，给全帮人衣食无忧的未来，最好的结局莫过于她嫁给李将军，李将军希望她婚后只主持家务不主外，那么，这个新娘子的身份，便可以瞒天过海。

她让身材样貌与她有八分相似的侍女代替自己嫁给李将

军,她和侍女终日覆面,没人知道她们的真面目到底如何,论风情美貌,侍女比她更胜几分,李将军要娶她,不过是为了实处,只要贺家马帮归他统领,那么,他娶的是谁,其实并不重要。

可是昆仑真的死了吗?

昆仑并没有死。

她并不知道那日,她答应与李将军提亲之时,昆仑借助玲珑埙,看到了她欣然应允的一切,他看到了她的筹备,原来她和几位长老等等一干人一般,要置自己于死地,终究心灰意冷,离开了,玲珑埙就此陨落,与他的灵力分散开来。那一刻,昆仑知道,自己再也不会和贺衣涵的人生有任何交集了。

十

那只玲珑埙此刻落在白柔的面前,昆仑和萧衣涵的故事已开启了它的灵力,威力大增。

他们可能再也不会有交集了,只是他们之间的爱是真挚的。只微微愣神了片刻,白柔的双眸便再次恢复清冷,她伸出手,那埙便敛了光芒,悠悠地飘过来,落在她的手心之上。

背弃师门,私盗典籍,罪该夺其乐艺,诛其身。

凤岐,这次看你往哪里逃。

几乎于同一时间,位于鸣玥洲的封巍山迎来了百年来第一位攀爬上峰顶的旅人。

在万仞高峰之上,那人拉下了帽檐,从怀中取出一只精巧的手鼓，以掌轻叩，脚下的山峰竟然随之共鸣响动起来。

没错，就是这里了。

琅羽门的五件仙器中的箜篌，就在此山之中。

他的唇角忍不住挑起一丝得意的笑容。

"谁人擅动？"一个声音从山下响起，无形无影，好似暗夜的呢喃，月色的魅语。

这是守护箜篌的结界，他站起身，低头看着脚下：

"我乃琅羽门太羽君，凤岐。"

说着，他奏起手中之鼓，声声如杀，音音似戮——

又是一段萧杀对决。

十一

玲珑埙已得，按说此时正是追踪凤岐的好机会。

然而此刻抚摸着手中的神埙，白柔却发现，自己心上最急迫的念想忽然不再是寻找凤岐的踪迹，而是一丝关于另一个人的希望：玲珑埙以人间真情为牵绊，便可寻人于万里之外，上穷碧落下黄泉，无所遗漏。

只要有这埙在，她便可以好好使用，用这只埙去寻……

比如琅羽门的那场不为人知的劫难真相，比如那个人。

那个秘密她装在心里，以冰冷姿态封闭了几层，绝对不会对任何人泄露这点儿倾慕之情的，那个人。

她自以为没人知道她心底的那个人。

目光再次投向水面，昔日的琅羽门早已覆灭，此刻湖水平

滑如镜，仿佛水下仍有那么一个兴盛强大的门派一般，一切都似乎还是原样，但她知道，水下的一切都不复存在了。

月色清冷，月辉洒在白柔的银发上，漾起冷冷的光，她取出玲珑埙，轻轻放在嘴边吹了起来。

一曲如泣如诉的乐音响彻月空，她用神识探入其中，细细地搜寻那一缕熟悉的气息，与此同时，在脑海勾画出他的模样——

温润如玉，谦谦君子。

他经常是温和慈祥的样子，如水一般，利万物而不争，他虽然不是仙人，却是白柔心中最接近神祇的存在。

在他将乐执令信物交于她手上的时候，她看似冰冷无波的模样之下，早已翻起滔天巨浪，她如火焰一般炽热的鲜红眸子望着他，似滚动的熔岩：

"师父，弟子必不辱使命。"

当时的誓言，扪心自问，她都做到了。担任乐执令的这些年，她不敢偏私，从未懈怠，她小心谨慎，生怕自己的不慎，令他失望。

琅羽覆灭那天，师父不见踪影。

若是……若是用这只埙，一定可以找到他……

她正在凝神吹埙之际，却不想一道寒光从头顶劈了下来，来不及反应，手中的埙便不见了，一个身影灵巧地翻滚，以背影对着她——

那人缓缓地回过头来，手上托着的玲珑埙还有她的温度，月色之下的男子，脸上带着几分玩世不恭的笑容，一双熠熠生辉的眸子仿佛能将灵魂看穿。

"风隐师兄。"白柔一字一顿地从牙齿里咬出了他的名字。

十二

风隐并不希望白柔去对付凤岐，趁风隐不备，白柔对其使用了促眠灵咒，牵制住风隐，独自一个人前往鸣玥洲的封巍山寻找凤岐。玲珑埙被风隐所得，她值得盼着用其他物件对付凤岐。

在山脚下，白柔发现了凤岐，此刻他正在施法意图攻破结界。

凤岐背对着她，一心一意地在面前的结界上加了一层又一层的攻击。

他的头发已经花白，腰背有些佝偻，这些年来，他老了。

曾经那个教导自己的师叔是何等英伟，虽然他不喜言谈，虽然他并不隐藏自己对掌门师父的厌恶，虽然他只要说话就会阴阳怪气令人厌烦，但白柔在琅羽门的这些年，她的师父并没有对她有多少教导，平心而论，倒是师叔凤岐对她的指导更多一些。

今日，白柔要用她从他处的所学，悉数加在他身上……

而正在她将灵力灌注在排箫之中后，忽然听得凤岐背对着她说道：

"法力早已灌满，你不出招，是在犹豫什么？"

凤岐拿出了觅仙鼓，果然是他拿走了觅仙鼓，两人的对决，白柔显然处于下风。就在这时，凤岐的法力震碎了封巍山，紧急关口，却被碎裂的封巍山所击中……

弥留之际的凤岐终于告诉了白柔，一切并不是白柔想象的那样，他并不是摧毁琅羽门的元凶，真正的人是白柔的师父泽生，为情发狂，终究毁灭了整个琅羽门。

白柔不敢相信这一切，但却在风隐那里获得的证实，她的那段记忆让风隐给全部抹去了，他希望她能开心，不问世事，和她在一起。

琅羽门虽然散了，但是爱她的人依然在那里，未曾远离。

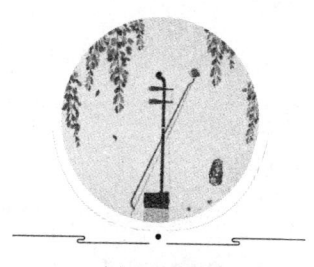

第二回
前尘往事

楔子

与卿同心,两情相悦,明明是人世间最幸福之事,却成了他的劫难。

若那年那月那日那时,他答应她放弃这琅羽的一切,从此双宿双飞,事到如今,会不会有所不同?

那样的话,或许,琅羽不会覆灭。他为了保住琅羽做了许多事情,千算万算,却不想,琅羽竟然亡在自己手上。

他才是彻头彻尾的叛徒。

一

泽生和凤岐第一次见到清苑,是清苑的家被武林败类所

毁,顷刻间,她成了孤儿。是师父救了清苑,并留下了她。

清苑这个小师妹清冷至极,和众人并不多话,然而她的一切总是激荡着泽生的心。泽生不知道这一切将成为他的祸根,也将成为毁灭琅羽门的契机。

一次大战,泽生被对方的暗器所伤,紧要关口,清苑出现了,竟然救了他。清苑的武器是一把月琴,泽生第一次发生清苑的功力比他们每一个人都要强大。泽生获救了,清苑却依然清冷异常。

泽生在琅羽门寻找着教会小师妹武功的那个人,不会是师父。从一开始,清苑身上便有一股杀气,他明白那是因为清苑看到了自己家人死在自己面前,她放不下,舍不掉。但是师父知道,这样的修仙,并不能成正果。

除了师父,还有谁会教小师妹武功呢,只有师叔魁宇了。

二

泽生来到了师叔的住处,这里曲径通幽,如禅房花木一般,安静清冷。

魁宇笑了,他早已料到泽生来此的意思。

他告诉泽生,他知道有一天泽生必须要担任琅羽门的掌门,他之所以教会清苑武功,目的只有一个,到时候辅佐他完成琅羽门的壮大。

然而一切并没有像魁宇想象的那样。

清苑遇到了当年杀死自己家人的那伙人,内心的魔突然被放大了。泽生，凤岐等人无力阻拦，清苑大开杀戒，走火入魔。

清苑变了，一切都变了。

三

再次见到清苑，是泽生没有想到的。

清苑的出现打破了宁静。

清苑让泽生和自己一起离开琅羽门，哪怕浪迹天涯又有什么关系，泽生却拒绝了她。清苑离开了。

然而泽生的心真的可以拒绝吗？

他一天天遁入魔道，不能自拔，最终毁灭了琅羽门。在仅存一丝理念的情况下，他将拯救琅羽门的一切告诉了白柔。

他希望有一天白柔可以完成这一切。

而他，注定陷入清苑编织的情网，而无法逃脱。

四

为情所困的何止泽生和清苑。

趁师父闭关逃离的律莹也是如此。律莹曾在琅羽门待过三年，三年她过惯了清冷的日子。

槐城里，律莹一曲编钟弹奏的尤其动人，特别是那首动人的《幽神调》，更是让人听得欲罢不能，可是，这首曲子，律莹只会上半部，下半部不知所踪，据说被封在了槐城先皇的墓中。

《幽神调》令人着迷,其中一个少年更是对他如痴如醉。少年是瑾都,因为沉迷修行而拜遍名师,只羡仙人逍遥不屑皇家自在,并因此放弃王位的当今煜洲王之皇长子。他在一次偶然间听见了律莹在深宫中素手调音,此后便时常来此处聆听。

如此便熟络了。日子久了,这位不苟言笑的皇子也时常给她笨拙地讲笑话,虽然他那无趣的语言,一次都不曾引得她发笑。

五

为了寻找《幽神调》的下半部,律莹动了一切可以动的办法,就在这个时候,城内继而连三发生怪物出现,怪物凶残,并杀人。

有几次律莹差点中招,好在瑾都都及时出现,只是有一次因此受伤。瑾都就在这时,告诉律莹,有了《幽神调》下半部的下落。

《幽神调》是一支奇异的曲子,它对妖鬼精魅有着一股难言的吸引力。据说当年王城曾有好似仙家之人演奏过此曲,当时被一位曲艺精深的老乐工听到,凭着记忆记了下来,可再按照曲调演奏时,却有许多地方十分不如人意,他也曾去寻那乐工切磋打听,可她早已香消玉殒,于是这本乐谱只得留在宫里。不知是否它太过特殊的关系,时常能吸引一些诸如妖鬼精魅之物,乐工被吓得终日惶惶,最后将它送出宫去,由专人掩埋了,这才安宁。

"掩埋在何处？"律莹问道。

"在离王城不远的郊野中，据说有墓碑为标记，但……"瑾都的神色变得凝重起来，"那里无异于龙潭虎穴。"

《幽神调》不愧是一支神秘莫测、刚一做成就引发天生异象的曲子。即便只是乐工凭记忆复刻的乐谱，而非原谱，也引得妖鬼精魅纷至沓来。当年乐工令人将乐谱埋于郊野地下，引来精魅妖鬼盘踞，各方争执打斗，汰弱留强，剩下妖鬼精魅强者各一，好胜善战，时常袭击附近经过的路人，渐渐地，那地方无人问津，变成一片阴森的密林。

六

就在这时，律莹的编钟突然幻化出少女，名唤静儿，竟然和律莹长得一模一样。原来编钟早已成精，也是她一直在幻化杀人，导致城内鸡犬不留。

《幽神调》事实上是琅羽门的封印，封住静儿，防止作祟，然而律莹的上半部已经将其揭开，虽法力不够，但已经足够呼风唤雨。瑾都提剑而上，与静儿搏斗，厮杀。原来一开始他便知道静儿的存在，之所以没有伤她，因为她与律莹的心神已相通，伤了她，势必会伤了律莹。

静儿步步为营，最终获得了《幽神调》的下半部，于是，瑾都为保护都城的一切，最终出手了。

这就是静儿处心积虑想要乐谱的原因，律莹不过是她的一枚棋子。

律莹自嘲地笑了,当她朝向瑾都望去时,忽然发现他的胸口在汩汩地流着血,一路延伸到脚下。

怎么回事?

正在惊讶间,瑾都已经纵身飞跃过来,手握长剑迎向张牙舞爪的魔,而那魔正在吸取鲜血,竟然一时间没有还手之力——

剑劈中魔,魔重获新生的身体瞬间腐朽干瘪,一眨眼的工夫,刚才还不可一世的静儿,已然化作尘埃。

"终……终于……"瑾都捂着胸口,长剑已不能支撑身子,整个人跪倒在地上,"师父说得对,只有在这只精魅释放后拼命吸取力量的那一刻,才……才能彻底消灭……"

他竟然是琅羽掌门在煜洲收服静儿时顺手收下的弟子,这解除封印和消灭精魅的方法,瑾都全都了如指掌。

她看着自己安然无恙的身体,忙跑过去搀扶他:"为什么……"

"你只是被精魅利用罢了……"瑾都脸色苍白,血从嘴角流出,"我只除精魅,何苦连累你……"

瑾都倒在地上,头枕在她膝盖,看着头顶的清朗明月,苦笑一声:"我注定,是修不成仙的……"

她低头啜泣,轻轻抚着他的脸,指尖沾湿了一点冰冷。

他说:"我还想听你奏乐,可好?"

她看一眼飘浮在半空中的编钟,指尖画阵,隔空便奏起一支旷古悠扬的乐曲。

如今，静儿已死，这套编钟的乐魂力量，便是她的了。她清晰地感觉到编钟似觉醒了一般仙气盈溢，她可以更加随心所欲地用乐音随心所欲幻化出各种东西，包括她的容貌，只是……

一曲还未奏完，瑾都合上双眼，头轻轻靠在她的小腹上。

他再也不会醒来。

她明明拥有了一切想要的虚幻，而此时此刻，心中空空一片，什么都没有了。

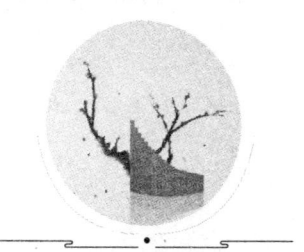

第三回
白灵山主

楔子

瑾都死后,律莹浑浑噩噩地四处游荡。虽然行走于青天白日之下,她却觉得世界和古墓别无二致,都是一样的暗无天日,一样的空洞绝望。

活着,似乎再无意义。她甚至想过,要追随瑾都而去。

却无论如何没有料到,在她万念俱灰之时,有人会特意来寻她。

"师姐。"

律莹听见一个软糯的声音这么唤她,不禁奇怪地打量眼前的少女。

少女头上绾着一左一右两个丸子髻,看身形有十二三岁,脸上却挂着这个年纪不该有的成熟。

律莹心神一动,这张脸,她似乎在哪儿见过;而这样的眼神,也让她想到了一个人……

那个曾经高高在上,眼下却生死不明的琅羽掌门。说起来,她虽离开琅羽日久,但并未脱离门派,如今依然算作琅羽弟子,掌门也依然是她师父。

少女叫她"师姐",律莹只觉得莫名刺耳,因为此生,她唯一入过的师门便是琅羽门。

但是昔日她在琅羽待了三年,门中弟子从未如此唤过她,而此时此刻,琅羽覆灭,被埋在茫茫水域之中后,反倒有人想起她来了?

她看着对方,那少女通身带着一股幽幽仙气,却似一个凡人一样正在微笑。

"你也是琅羽弟子?找我做什么?"律莹虽然语气不善,但心中到底因着一层师姐妹关系,而觉得不再是孤苦一人。

"复兴琅羽,需借师姐力量一用。"

律莹睁大了眼。

一个素未谋面的少女,说是自己的同门师妹,说什么师父生前交予复兴琅羽的重任,要她助一臂之力……

琅羽门昔年大厦倾覆之时,门内诸多灵力高强的弟子死的死、逃的逃,通通无法力挽狂澜。如今一个乳臭未干的小姑娘,也敢大言不惭地说什么复兴琅羽?

她一声嗤笑:"就凭你?"

"不仅是我,还有师姐你。"少女目光坚定地看着她,那样全心的信任,似乎笃定她一定会答应。

律莹忽然想起了自己当初拜入琅羽门时的那一幕。

那时她心怀鬼胎,站在众人面前,假模假式地说着对九曜仙洲的憧憬,在心底嘲笑四周正注视着自己的其他弟子,笑他们如此轻信于人,天真无知。

而直到很久之后她才知道,真正可笑的人其实是她自己。

带着私心拜入琅羽门时,她便错失了第一个珍惜别人真心对待的机会。

而瑾都,则是她错失的第二个机会。

如今瑾都已不能复生。

可琅羽门呢?

她一直都只想着自己,到如今无牵无挂,无依无靠。或许她真的应该如瑾都那般为他人着想。曾有人为她付出一切,帮她拿到她想要的,这份沉甸甸的情意压得她喘不过气来。她觉得若不用这力量做点儿什么,便是亏欠。

可是她一直都不知道自己究竟应该做什么……

直到今日,少女出现在她眼前,她恍然明白,在尘世苟活至今,或许真的还有一件值得她拼尽全力去做的事。

少女自掌中幻化出一朵白花,递上。

律莹终是接过,展颜一笑。

"说吧,师妹需要我做些什么?"

"请师姐去寻乐执令白柔,将她带到洗心湖岸。"

"那你呢?"

"我……"不知为何，律莹忽觉少女的眸色暗了一分，"我需要再去一趟九幽城。"

九幽城？律莹又是一惊。那不是传说中魔族与人类通婚的后裔"夜罗族"聚居的领地吗？夜罗后人已有千年未现于世，十洲大地无人知晓九幽城究竟在哪里。

"再去一趟是何意？莫非你已经去过？"律莹的好奇心被高高吊起。

少女无奈地一叹："师姐，待我们洗心湖相会，我再说与你听。"

说罢，少女与她各自而去。律莹走出几步，猛然回头——

她想起来了！想起来少女的脸为何给她一种熟悉之感，因为，她根本就见过她！虽然年纪小了几岁，然而少女的五官与周身的仙气，却是铁一般的证据。

律莹思绪徐徐展开，那还是她拜入琅羽门的头一年……

一

琅羽门今日有访客。

自六大派围攻洗心湖以来，琅羽门已有六年不接来客。新入门的律莹正是去向师父通报的弟子，她本以为掌门也会如往常那般拒绝，岂料……

一向避世修行的掌门不仅在大厅亲自迎见，还朝着这紫衣少女行了一记只对仙人行的礼。

少女匆忙羞涩回礼。眼前的掌门丰神俊朗，气度沉稳，让人猜不出年龄。

她颤颤地开口:"我想……找一个人。"

掌门露出洞悉一切的神色:"那人数年前偷盗门派宝物,已被废除入门后所学所记,逐出琅洲。"

废除记忆,岂不是不再认得她?少女震惊地抬头,正撞上掌门淡然的目光。

掌门一定能找到她要找的人,她这么认为。

"请告诉我他在哪儿。"

"我可以告知他的下落,不过……"掌门欲言又止,似在试探她的反应。

她拼命点头:"你要什么我都答应!"

掌门微微一笑:"那么,有朝一日若你身死魂散,要将你的躯干交予我处置。"

要她的躯干?

那道暗藏玄机的目光让少女心尖一颤,就好像……她的一切都被他一眼看穿,他根本就在等待着自己的出现。

但此时此刻,为了找到她想找的人,刀山火海,她也在所不惜。

二

溟洲地处西南边陲,土地虽广,气候却恶劣,洪涝与干旱交替袭来,令生存在此的人们苦不堪言。

小叶村却是例外。一路寻来,落檀见惯了破败荒凉的景象,此刻却犹如步入了桃花源。田地里生长着翠绿的麦苗,溪

流自村中穿过，一些牲畜正悠然饮着清澈的溪水。

可这样一幅和睦的画卷却因落檀的出现而被打破了。

"请问……"她刚一开口向地里耕作的村人询问，几人便像见了瘟疫似的四下奔逃。

心有疑惑的落檀继续往村子中心走去，一路上所有村人见了她都纷纷躲避，十分惧怕外人一般。四处转了一圈也没能和人搭上话，直到一名老者在村人的簇拥下向她走来。

老者仔细端详一番："她并非白灵山主。"她能感觉到四周的气氛刹那间松弛下来。

原来老者是小叶村村长。他将落檀带至家中，斟上一杯茶水致歉："这村子鲜有外人，他们误会你了。"

落檀问道："白灵山主是什么？"

老者抚须叹息。这村子虽不受恶劣气候干扰，但也有自己的苦处。距村不远处有座山名为白灵山，山上傲踞着一头通体雪白的雄狮，被称为山主。几百年来本与村子相安无事，然而几年前的一天，白灵山主化为美貌女子，装成漂泊来此的苦命人，后来嫁给一个村里人，结果在月圆之夜发狂杀死那村人全家。

听到此处，少女不禁道："怎知那女子是白狮所化？"

"因为当其他村人赶到时，正瞧见白狮现出原形，口里叼着破碎的尸体。"老者闭眼，幽幽叹道，"从此以后，小叶村再见不得外人。"

这故事倒是离奇，只是落檀此时牵挂着要寻之人，无心继续:"其实我来此……"

话音未落,突然有一女子闯进门来,"扑通"跪在老者身前号啕:"村长!我相公一定出了意外,求你救救他!"

老者撤开被女子牵住的衣角,面上露出厌恶的表情:"你相公打碎了神庙供奉的玉灵芝,按例当逐出村子,是他自愿去白灵山寻一棵新的。如今十日未归,想必已被山主咬死。"

女子重重叩头:"相公虽是外来之人,但几年来恪尽本分,打碎玉灵芝也属无心,求村长派人去山里找他!"

地面叩出一抹血红,老者依然不为所动,唤来一名村人:"你立即去神庙取出名册,将'苍术'的名字划掉。"

苍术?落檀整个身躯都因这名字而激动得发颤,又生怕自己听错了,忙问道:"你说的,是苍术?"

村长一愣:"正是。"

得到肯定的回答后,落檀急切地扶起跪在地上的女子:"告诉我白灵山在何处!"

三

女子说,神庙是为供奉仙人而建。这名仙人游历至滇洲时恰遇白狮咬死村人那夜,是他将白狮驱逐,还村子太平。

神庙建设花了足足一年,而苍术到来时正逢神庙即将完工之际。村里人本不愿他留下,但见他随身竟携有一枚玉灵芝。玉灵芝产自白灵山深处,积聚天地精华,能扬正克邪,是连仙人也甚为喜爱的罕见之物,用于供奉神庙恰得其所。苍术便是

以此物换得了安身立命的一席之地。

女子领着落檀走了一段,遥遥指着一座山的轮廓,便再不敢靠近。

落檀独自加快步伐向前走去,不多时便赶至山脚。

白灵山山如其名,茂密的树木草叶皆泛着淡淡的白光,却不显苍凉,反而有一种生机勃勃之意。

看来此山与小叶村一样,不受溟洲气候所扰。

落檀行至山顶,从怀里摸出一支短笛,笛身小巧精致,隐隐透着紫气。她吹起一首小调,这调原是昔日苍术所创。

想到苍术,心口处又荡起一抹愧疚……

数年前,位于琅洲的尧山之中,她已不知沉睡多久,当日正是被这首小调唤醒。她抖抖自己的枝叶,感受着阳光温柔的包围,直到笛音突然停了,才瞧见一名皮肤略黑、高鼻梁、身材瘦削的男子正仰头看着自己。

"我叫苍术,是琅羽门人。"男子抚着她的树身,"你是一株极有灵气的小叶紫檀,竟能听懂我的笛音。"

她抖着树叶算是回应。苍术笑了:"还能听懂我说话。"

他的笑容煞是好看,她心想着:倘若我能与他交谈就好了。

苍术从此便时常来树下吹笛打坐,而她想要开口说话的愿望日渐强烈,终于有一天,开窍般懂得了化为人形的方法,于是款款来到他面前。

"我叫落檀。"紫衣少女含笑递给他一截树枝,"你的短笛磨损严重，拿去做把新的。"

那一刻，苍术极开心。

后来得知琅羽门擅修仙，而他正是飞升有望的羽人，一心盼望荣登九曜。他说："你我同修，有朝一日一起飞升，再结伴看遍十洲风光。"

她自然应允。她因他的笛声而苏醒，陪伴他似乎是唯一使命。

某日苍术不在，她被一位路过尧山的仙人发现，称她原本便是一位上仙种于九曜的神木，不小心遗落琅洲，颇具仙根，也因此才能轻易化形。

仙人要带她飞升九曜洲。这是多少人盼也盼不来的福运，可她关心的却是："我还能再回尧山吗？"

仙人点头："成仙后依然可于十洲间自由来去。"

得到这样的回答后，落檀决定一试。她曾听苍术将飞升过程描述得异常艰辛，倘若自己能先试一次，将来对他定有帮助。

或许因为本就是仙山神木，飞升过程超乎她想象的顺利，连天劫都未曾出现。当被九曜洲接受的一刹那，她得到了无数凡人梦寐以求的仙人身份。

之后匆忙回到琅洲，才知天上一天地上一年，九洲大地竟已过去数年，苍术也因偷盗门中有助飞升的宝物，被消去记忆流放溟洲。这支用她的树枝做成的短笛被遗留下来，由琅羽掌门还给了她。

落檀笃定，当年苍术触犯门规，一定是为了去九曜洲寻她。她被浓烈的内疚包裹缠绕着。

她觉得亏欠，所以她必须找到他。

笛音穿透整座白灵山，山中树木簌簌作响回应着她。一曲毕，落檀已知悉苍术身在何处。

四

来到另一面背阴的山腰，落檀发现一个隐秘的洞穴。

猫腰钻进去，本应黑暗的狭道却被乳白石壁发出的微光照亮。穿过深处一扇拱形石门，眼前豁然出现一个宽阔的石厅。

像钟乳洞一般，四周的石壁上垂吊着长长的白玉石，玉石散发着柔和的白色光晕，仿若仙境般让人迷离。

突然，石厅一角爆发出一声洪亮狮吼。

莫非此处便是白狮巢穴？

"求你放我走！"男子带着哭腔恳求，紧接着又是一声充满威胁意味的狮吼。

是苍术！顾不得多想，落檀匆忙朝角落奔去，借着白光看见一道人影正被一头狮子按在身下。

"放开他！"少女掏出短笛吹起一阵刺耳尖锐的乐曲。

白狮嚎叫两声，退至一边。

她扶起苍术，冷厉地望着白狮，眼神仿佛在说：你休想伤他。

白狮也凝望着她。

但见它此刻并无攻击意味，她朝苍术道："有受伤吗？我带你离开。"

"你是何人？"苍术倏地缩回被她扶住的小臂。

落檀一阵失落，他果真不记得自己了。

她勉强牵了牵嘴角："是你娘子托我来寻你。"只要他平安，一切都不重要，是她失约数年在先，是她亏欠了他。

苍术松了口气："山主并未伤我。"

白狮悠闲地舔着爪子，还发出略带戏谑的男声："是我伤他还是那些伪善的村人伤他，你可搞清楚再说。"

狮子会说话？少女不禁瞪大双眼。

白狮似乎洞察到她所思所想："你一棵树尚且能化人形，我堂堂灵兽为何不可？"又绕着落檀转了两圈，"九曜洲仙人？瞧你这点儿微末法力，要动起真格来，你未必是我的对手。"

落檀曾听带她飞升的仙人说过，九洲大地隐居着数量极少的珍稀灵兽，它们灵力极高，能自由化形。此外还可与仙人订立契约，认其为主，直至一方身死魂灭才能废除。但通常灵兽们孤傲清高，只会臣服于法力高强的上仙，与她这等低微的下仙从来无关。

苍术低声乞求："洪连山主，求你让我回去。"

"那种地方有什么好？不过是一群忘恩负义之徒！"白狮语有怨愤，"指责你打碎玉灵芝，却忘了那东西原本就是你带去的！"

"可那里……有我的妻儿。"他怯怯说道。

妻儿的意义是什么，此时的落檀还并不明白，只是单纯认为自己应该为他实现愿望。于是道："不管你放不放，我都会带他走。"

说罢，落檀再次将短笛置于唇边，调动起全身所有真气，眼里燃起不惜一死的坚持。

白狮则鼓着一双王者之目，像看傻子一般望着她。它着实想象不到一个理应清心寡情的九曜洲仙人，竟会为了一介凡人而摆出一副要跟它拼命的架势。

她这是想刷新它的世界观？

对峙了许久，名叫洪连的白狮终于认输，扔出一枚新的状似灵芝的白玉，恨恨道："快滚。"

落檀放下了心，连忙扶起苍术离开了洞穴。

总算清净了。洪连刚刚惬意地伏在石床上，却听见已经远离的脚步声又折了回来。

少女不好意思地道："那个，我找不到下山的路了。"

白狮扶额："我想一掌拍死你。"

洪连看似很凶，却还是亲自驮着两人奔下山，一直送他们到了村口不远处。苍术迫不及待地跑向村子，留下落檀还骑在洪连背上。

"白灵山主。"少女轻唤，"小叶村风调雨顺，根本是因你设立了保护的结界吧。"

白狮先是一愣，跟着便如被勘破心事般恼怒地甩背，想将少女扔下去。

落檀轻盈跃下，笑意吟吟："若是连村子与白灵山那股相同的气息都察觉不出，也太玷污仙人之名。"

五

将苍术从白灵山平安带回，还寻得一枚新的玉灵芝，落檀因此受到村人热烈的欢迎。她借机提出要在小叶村暂住的要求，一方面想近距离守护着苍术，另一方面也想查明当年白灵山主发狂咬死村人的真相。那事显然绝非洪连所为，这位骄傲的灵兽是决计不会有"化为美貌女子"的癖好的。

只是，苍术总与她刻意保持着距离，即使村中偶遇，也远远便躲开了。

落檀对此不甚在意，只要能履行陪伴他的约定，他认不认得自己又有何关系呢？

天空又是一轮满月。少女本是毫无睡意地躺在床上，屋外却突然传来男子急促的声音："姑娘，我娘子病了，求你救她！"

居然是一直躲着她的苍术。看来，只有涉及他娘子的安危，他才会来找她。落檀无奈地一笑，若能帮到他娘子也好，总算能减去她一分愧疚。

来到苍术家，见女子半昏迷地歪在床上。苍术上前将被子拢了拢："村里大夫束手无策，连药也不肯开。"

落檀探出手往女子额头一摸，立即被一道邪气弹回。

这……症状似是邪气侵体。她一时不明白邪气来源，为免苍术担心，只道："我来煎药试试。"

她其实并不懂医理，只是在普通草药中注入了自身的灵力，希望能驱逐那股邪气。

所幸，女子在服药后渐渐好转。

然而，还来不及放下心来，小叶村人竟一个接一个地病倒了，且病况相同。

村长带着苍术及尚未染病的一众村人跪在少女身前，求她治好这场瘟疫。于是，少女在村子一角辟了两间屋专门安放病人，整日忙于采药煎药，但依旧抵挡不住瘟疫那排山倒海之势。

一日，落檀不小心被药草上的荆刺刺破手指。一滴血混入药中，正巧喝了那罐药的病人立时精神奕奕。

太阳即将落山。她拖着疲惫的身躯虚弱地走着，身后有人悄然接近。她本并无防备，直到瞧见地上的影子，身后之人朝她举起了镰刀。

慌忙一闪避开要害，但镰刀仍是划破她的右肩。鲜红的血喷洒而出，少女难以置信地看着袭击她的村人，片刻之前她才悉心喂他父母喝下了药。他怎么能恩将仇报？

那人振臂一呼："大家快上！杀了她喝了她的血，我们的亲人就能痊愈！"

手持武器的村民们从四面八方拥来。

六

残阳如血,半挂天边。

少女拖着重伤的身躯在山林里艰难前行,忽然脚下被凌乱的树枝一绊,她重重摔下去,再也爬不起来。

远处传来一阵杂乱的脚步声,有人在喊:"我看见她逃进白灵山了,追!"

有人迟疑:"倘若碰见山主……"

有人反驳:"若让她跑了,我们早晚会染上瘟疫,不如拼了!"

声音由远而近逼过来,正当绝望之际,一道不知何处而来的白光罩住了她,将她温柔地托至半空中。

几十个舞着镰刀锄头的村民出现在她视线里。为首的老者四处打望却看不见她,于是气急败坏地从人群中拉出一名被捆绑的男子,凶狠道:"她在村里就数和你走得近,说!她到底去了哪儿?"

苍术怯懦地磕头:"我真的不知道!我有妻有儿,和她并非很熟!"

他说的是实话,但那句"和她并非很熟"钻入耳中,她还是忍不住难过了。

老者啐他一口:"倘若你有意隐瞒,我会拿你在神庙前火祭。"跟着下令,"继续找!"

于是人群渐渐跑远,直到看不见。

白光将她缓缓放在地面。她勉强撑起身子,抬眼看去——

银色头发,琥珀色瞳仁,身披白色袭衣,一张少年模样的脸。而少年的声音……是那位不可一世的白灵山主,洪连?

"哼,你好歹是个散仙,竟混得如此不堪,被一群下作的人类追杀到差点儿没命。"

倘若不是为了救人而把仙灵注入药中,她怎会虚脱至此?只是染病之人太多,她微薄的灵气实在难以驱邪,不仅救人无果,反而连自己的身体也一天天衰弱下去。

所做一切,无非是为了苍术。眼前晃过苍术怯懦地磕头说着"和她并非很熟"的样子,这样的苍术,真的还是数年前将她唤醒的那个人吗?

心中珍而重之的羁绊,忽然间分崩离析。

右肩一阵剧痛,落檀昏死过去。

不知过了多久,迷蒙中,耳畔钻入"滴答滴答"的水声。睁眼,见自己身在先前曾到过的洞穴石厅中,周身围堆着形状各异的白玉。她觉得说不出的舒服,连伤口也在渐渐愈合。

人形的洪连坐在一旁打瞌睡,他的脸看起来平和安详,与白狮故作凶狠的吼叫根本不搭边。他究竟是怎样一个人?

洪连惊醒,正撞上少女直视他的目光,那目光中满是好奇,令他的脸微微一热:"看什么看!不许看!"

又故作凶狠了。少女轻轻笑起来。

"你都伤成这样了,还有心情笑。"

"洪连。"她第一次叫他的名字,"你为何会与苍术有交情?"

"我跟他可没交情。"洪连不屑地别过脸,"若不是当年受人所托,我才无暇理他死活。"

受人所托?她脱口而出:"莫非是琅羽掌门?"

"你心思倒通透。"少年喊了一声,"没错,当年正是掌门托我将苍术安置于小叶村。"

落檀想起掌门那双似乎窥破世间万物的眼睛。按理说苍术偷盗门派宝物,掌门只需按律将他逐出门派即可,又为何还要托洪连为他安排后路?

是顾念师徒之情,还是另有深意?

她一时想不明白。

"灵兽向来不屑与凡人相交,为何你会答应掌门的要求?"话一问出,落檀旋即明白过来,"你也有你的目的,你要借苍术之手将玉灵芝带去小叶村。"

洪连微微一愣,旋即又如被看穿心事般别扭起来:"哦?我为何要这么做?村子最近爆发瘟疫,难道你没怀疑过我?"

她想起瘟疫的源头——那来源不明的邪气,莫非是洪连借玉灵芝……不,倘若他想害村子,又何必持续为村子张开结界。虽嘴上轻蔑,却珍视和保护着这些凡人的生命,足证他心地善良。

突然,她想到村里唯一令她无法靠近的地方,心思登时澄明。

那座供奉仙人的神庙!

"不是你。"少女仰头看他,一字一顿坚定道,"我知道

不是你。"

洪连呆呆注视着她充满信任的眼睛,就连他自己也没有发现,在他脸上,原本不屑一顾的神情已瞬间无踪。

看来,她真的是要刷新他的世界观啊。

心上掠过一抹奇异的欣悦,少年低头的瞬间,唇角不禁舒心地扬起。

七

落檀并非没想过进神庙一睹仙人塑身,却总被一道与白灵山不同气息的结界隔绝在外,靠近不得。

洪连说,神庙供奉的根本不是仙人,而是一团浑身邪气的精魅,靠附着于人身行动,并吸取人的精气神助长自身修为。

精魅当年为了侵占小叶村,附在一女子身上嫁给一村民,吸净那家人的元精,并欲操控他们,将邪气扩散至整个村。洪连无法坐视不理,于是在一个月圆夜进村子想将之驱逐,岂料甫一进屋便有浓郁的血腥气扑鼻而来,原来全家人的身体已被精魅撑爆,裂成碎片。

他念这几人可怜,想将尸体带回白灵山安葬,门却在这时被一众村人大力撞开。白狮四下一望,一个看似仙风道骨、被村人恭敬地叫着"仙人"的人,正用蔑视的眼神注视着他。

那人浑身邪气,一看便知被精魅控制。

洪连朝向精魅弓身聚息,务求一击而中;然而村人围在精魅身前护着他,倒令洪连无法放手搏杀。

此时奈何它不得，洪连唯有先回到白灵山。

村人还傻傻地为邪物修建神庙，一旦神庙落成精魅入驻，小叶村迟早被邪气吞噬殆尽。洪连气村人愚昧忘恩，但始终心有不忍，恰逢琅羽掌门在此时将苍术交托给他，他便借苍术之手带去一枚白玉灵芝。

玉灵芝能克邪气，供于神庙中这几年，确实抑制了精魅作祟。岂料月余前被苍术失手打碎，即使奉上一枚新的，也再难克制那股爆增的邪力，这才致使村人一个个病倒。

洞外嘈杂的人声把落檀的思绪拉回。

"你说的就是这里？"

"是……是的，上次山主就是把我抓到这个洞穴的。"

是苍术带人找来了！她警觉地想起身，却被洪连一手按住："我堂堂一山之主，老巢还不至于被一群人类找到。"

外面有声音隐隐传来："此处根本没有入口！"

苍术带着哭腔："真……真的是这里！前次我来寻玉灵芝，正是被山主困在此处。"

"你说不定根本和那狮子是一伙的！"村人愤怒地叫嚣。

"带他回村，于神庙前火祭。"老者宣布，"为今之计，唯有乞求仙人庇佑，让我小叶村过了这一劫。"

随着苍术的哀号声渐渐消散，少女的魂魄仿佛也被夺走了。四下重归安静，她只能听见洪连轻柔的呼吸声。

"他那样对你，你仍想救他，是吗？"琥珀色的瞳仁直视

着她，里面映出她一袭紫衣的身影。她还从没见过他如此认真的神情，那份眼神中的热度竟逼得她不敢回视。

她只好别开脸："我不能任由那团邪气作祟。"

话说得好听，可她明白自己如今自身难保，又凭什么与精魅相斗？

"所谓火祭，一定要选在朔月当天进行，我们尚有半月可以休整。"

落檀听见洪连的话，心中微微一动。他说……我们？

先前别开的脸倏然回转，再次对上他极其认真的眼神。

洪连一声叹息："放心吧，我会助你。"

少女不敢相信，他竟说会助她。明明不过萍水相逢，明明前不久他还嫌弃地说从没见过她这样的仙人……可现在他不仅救了她，还说要帮她救她想救的人。

仿佛在茫茫大海漂流浮沉之人，突然抱住了一根浮木；又仿佛在天地间孑然流浪的孤儿，突然就有了依靠。

她从没有一刻感到这样踏实。

八

天空没有月亮，一切仿若被黑暗吞噬。

村子中央，有人被死死捆绑在高高竖立的木桩上，脚下围堆着大量干柴，此时干柴已被点燃，一旦火势蔓延，那人将被活活烧死。他乞求着，挣扎着，可一切都是徒劳。

村长带领村民跪在神庙前，口中念念有词："奉上祭品，求上仙庇佑。"

"救命！谁来救救我……"苍术的嗓子已被灼热的火焰炙烤得沙哑，哪怕明知必死无疑，却还是本能地一遍又一遍呼喊。

火焰越蹿越高，眼看便要吞并那人的脚。

却见一道白光闪过，出现在村民眼前的是一头通体雪白的狮子，一对散发着绿光的眼睛正凶狠地瞪视着他们。

"白灵山主要杀人了！"村人们惊恐地四散逃窜，转眼便跑个精光。

真可笑，要杀人的明明是他们。洪连叼起已经晕倒的苍术，把他带到安全角落。紫衣少女正在此候着，她扶苍术平躺在先前铺好的干草堆上。

洪连忍不住道："你当真要为了他拼命？"

"我们曾有约定。"

"约定"这两个字淡淡地从少女嘴里飘出来，却让洪连心里说不出地懊恼。他不愿却又不得不承认……他有点妒忌。

落檀转头笑望着他："再说了，有你在，我怕什么。"

好像瞬间这颗妒忌的心又因她的话而得到安抚。

洪连觉得自己大概魔怔了吧。

神庙前。

落檀取出短笛置于唇边，朝洪连略一点头，尖锐的笛声和浑厚的狮吼同时迸发，形成两股强大的能量，同时朝神庙冲击

而去。

轰!

两股能量似撞上了什么,定睛一看,结界光幕在黑夜里现了形,正严密地保护着神庙。

"再试一次。"

两股更强大的能量冲击而去,灰黑的光一闪,结界却依旧完好无损。

"怎会如此……"落檀本以为与洪连联手便能轻松克制邪气,没想到此时连这第一关都破不了。

洪连明白问题所在:"必须让我们的力量凝聚在一起。"

"如何做?我听你的。"少女全心信任着他。

他便在刹那间下定决心。

约定。她口口声声曾和另一个人有过约定,但那只不过是说说而已,不为任何天地规条所约束。

今天,他要让她明白,什么才是真正的约定。

洪连重新化成白狮,面向少女屈下前肢,将头匍匐在地上:"一生相随,不离左右。"

"你干什么?"少女蒙了。

"笨蛋,你只需说'同意'。"

"同意什么?"

"你相信我吗?"

"相信,可是……"

"那就说'同意'。"洪连的声音里带着不容置疑的坚持。

她只好轻轻开口:"同……意……"

两个字出口的瞬间,一股悸动自胸口传来,直直蹿入她的神识之中。她顿时明白:她已与洪连结成契约,从今以后,她便是他的主人,直到一人身死魂散,契约才会终止。

原来这就是传说中的灵兽契约……可是,灵兽不是向来只会选择灵力高强的上仙吗?她不过是个低微的散仙,怎么配?

尚在恍惚着,只听洪连道:"行了,再试一次。"

落檀慌忙收起心神,先将那些不明白的事丢开。

落檀再一次吹响短笛,将所有法力倾注于上;洪连吼叫着朝结界方向奔去,忽而化为一道白光,与她的笛音缠绕在一起。

只听"轰隆"一声,结界被撞开一道裂口,紧接着慢慢消散开来。

神庙巍巍矗立着。

九

没有了结界的掩盖,一团浑身邪气的黑色精魅从神庙中脱离出来,往二人方向飞来。白狮迎面扑去,整个身体却从邪气中穿过去,扑了个空。

回身一看,邪气正飞速向落檀袭去!她闪避不及,身体被掀飞,又重重摔在地上。

他们碰触不到它,它却能碰触到他们。

"你没事吧？"洪连焦急地跃到她身边，瞧见她的手臂被地面擦伤，渗出了殷红的血。

少女上身被扶起，才见白狮已化为少年模样，正紧张地捧起她的手臂轻柔地吹着气。

手臂上传来温热的触感，胸口怦然一动，神识中有道声音告诫着她：不可以，不可以。

慌忙抽手。

少年一愣，转眼已重化白狮，转身又向邪气停伫的方向奔去。精魅扑来，白狮跃起回避，前爪从邪气顶端蹭过，竟将邪气划开一道口，"扑哧扑哧"作响。

怎么回事？先前明明碰不到。

落檀注意到洪连前爪上的血迹，是在他检查自己伤口时不小心沾上的。说不定……

她使短笛在手臂的伤口上一划，然后念动法力，猛力一扔——

短笛刺入精魅，传来一般焦臭的气味。看来，她的血果然有效。

她跑到他身前，伸出血淋淋的手臂，欣喜道："用我的血！"

白狮又气又急："你做什么？还不快止血？"

邪气飞来，白狮一挥爪，便又将它抓出一道裂痕。

"你看！"少女拿起它的爪子在自己伤口附近按来按去。

"够了！"白狮恼道，即使她的血有效，它也不愿用这种伤害她的方法。

少女灵光一闪："我去拿玉灵芝！"玉灵芝加上她的血，一定能克制邪气。

她朝神庙跑去，精魅突然爆发出一声尖锐的嚎叫，欲朝她袭去，却被白狮挡在前方。

落檀跑进神庙，一眼便望见神坛上供奉的玉石，于是催动真气隔空一抓，将玉石吸进掌中。

"拿到了！"少女挥舞手里散发着白色光芒的玉灵芝，白狮立即化为人形跃到她面前。他正欲接过，没能注意到身后的空中，邪气黑光大盛，左右晃动，渐渐幻化成一柄利剑的形状。而剑锋，正对准洪连的后背。

"小心！"少女惊呼，也不知哪里来的勇气和速度，竟赶在邪剑刺来前飞身护住洪连的后背。

"哧——"

肉体被利器穿透，然后是"滴答滴答"，许多液体滴落在地的声音。

少女颤巍巍地举起已被她的鲜血浸透的玉灵芝："打败它。"

那个深夜，整个溟洲大地都能听见一声悲怆的狮吼。这吼声撼天动地，却让人痛彻心扉。

小叶村陡然被白光照亮，当天地重回幽暗，村中的神庙已消失不见，邪气飘散无踪，瘟疫病人突然神清气爽。

仿佛什么也未曾发生过，一切只不过是一场太长太长

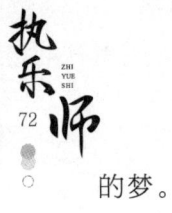

的梦。

洪连将落檀抱回白灵山的洞穴中,可是这一次,无论用多少玉石围住她,也无法阻止她的气息源源不断地流失。

他只能绝望地将她搂在怀中。

"为何要那样做?"

为何?

她当然知道为何,甚至从没有一刻比现在更清醒。当精魅威胁到洪连生命的一刹那,胸口传来的痛楚让她恍然明白了情为何物。

而从前对苍术,先是依赖,后是愧疚,皆非动情,否则她当初根本无法飞升。苍术今后也将与妻儿幸福地生活下去,这结局的美满,于他而言丝毫不亚于成仙。

将死之身,没什么值得隐藏,便脱口道:"身为仙人,我的心却为你而动,原本便逃不过天罚。如今这一命还能换你一命,值。"

她的心为他而动,即是说,她对他——

洪连惊愕地看着她,他本该为她的话而雀跃,但此时此刻,只有更多的悲伤席卷而来。

"法力低微如我,不配做你的主人,好在我即将魂散,契约自会解除。"

他埋着头,额前的发遮住了眼睛:"谁说,要与你解除契约了?"

从一开始,他便打定主意,要靠着这个契约,与她永永远远有所牵绊。

少女神识涣散,已听不见他的话:"我死后,请将我送到琅羽门。"

她的身影渐渐淡去,最终,化作一截紫檀木。

少年依旧搂着她:"谁说,要让你魂散了?"

他闭上眼,让气息在体内流淌,最终汇聚于灵兽脊骨之上的命门大穴;再伸手将镇守命门的骨刺从体内生生拔出,嵌入怀中的树身之中。

十

琅羽门内,洪连将一截仙气盈盈的紫檀木交予掌门。

掌门仿佛等待许久,如今这幕,也仿佛早在他意料之中。

可在接过紫檀木的瞬间,掌门眼中闪过一丝讶异:"你竟然……"跟着便笑了,"当年你族中兄长嘱我告诉你,万勿与女仙结契。今时今日,你到底不听他的话。"

洪连冷哼:"他自己赖着卿袖上仙跑到九曜洲几百年,却好意思来叮嘱我?"

他与他兄长一样,纵为灵兽,却都逃不开情之一字。

掌门敛了神色,清明的目光在洪连面上静止,似又在试探什么:"只是结契也就罢了,你还为她拔下锁魂钉。"

洪连坚定道:"我要她重生。"

"你可知,仙人一旦心动,即使重生,也将遭受天罚。"

"那你就改造她的心，让她忘了我。"他毫不在乎，"我只要她活着。"

掌门微微一笑，以一种云淡风轻的口吻："事成之后，这枚锁魂钉归我所有。"

洪连点头，最后一次轻抚着她。此时一别，大抵，再也无法相见了吧。

他向掌门一挥手，大踏步离开了。就在他转身的瞬间，自紫檀木上，竟开出一朵洁白的花。

所谓锁魂钉，是能将魂魄封住，不让其散去的宝物。他将此物嵌入落檀的树身，便是为了留住她的魂魄。而锁魂钉是长在灵兽脊骨上的刺，失去这根刺，他将无法生存，唯有回到白灵山洞穴沉眠，直到——

直到哪一天，没有人知道。

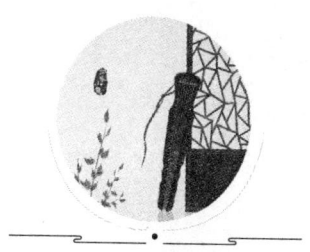

第四回
夜罗圣女

楔子

白柔失去风隐之后,在世间游历了许久。

不知朝暮,不计岁月。唯一在意的,就是飞升之日似乎遥遥无期。

直到有一日,她路过一处闹市,听见说书人正讲着关于琅羽门曾经的故事,才惊觉琅羽覆灭已是九年之前的事,而算一算,今日恰是九年前门派遭受灭顶之灾那天。

横竖也是无事,不如便回洗心湖看看?说不定,有些什么新的光景呢。

心中主意方定,白柔便径直向东而去。

有人说,人世之历就好像一个圆,你从起点出发,走过长长的路途,最终却发现自己又回到了起点。

而她的起点,似乎也将是她的终点。

琅洲,琅羽门故址。

然而目之所及,只有洗心湖烟波浩渺,水光潋滟。

四下空无一人。

但是自水中探出的枯木上却生出了新芽,白柔只觉自己的排箫在腰间微微颤动,这是感应到灵气的征兆。

她吹响排箫,却什么都没发生。

正自失望时,身后却传来一个娇笑的声音:"哎呀!真是踏破铁鞋无觅处,得来全不费功夫。找了你这么久,你却到这里来了。"

这语气,端的让她心中一颤。

白柔回过头,眼前的女子艳色殊胜,美貌异常。

"律莹。"她脱口而出女子的名字。

"连一声'师姐'都不叫?真不可爱。"律莹掩口轻笑。

白柔却戒备起来,昔日琅羽门尚在之时,这律莹便是弟子们眼中的异类。她也是蒙师父收留之人,灵力虽一般,却被师父授予了特殊的乐器,照理说应该对师父感恩戴德才对。可没想到她才待了几年就偷偷跑出门派,再也没有回来过。所以众弟子都暗暗唾弃她,并不将她视为同门。

而当时在白柔看来,这个律莹,那满面春风的笑容之下,似乎总怀着什么鬼胎。

可是如今……

白柔细细打量她的眉眼，却渐渐被她目光中的笑意打动。

律莹给她的感觉变了。

还是那般明媚的笑容，可她的眼神却是从有所求变成了无所求。

也是，琅羽一夕覆灭，门人四散已是几多岁月之前的事，漂泊于世，谁又能没点儿移情易性的遭遇？

"你找我做什么？"她总算放下戒备，收起排箫，向律莹问道。

律莹粲然一笑："不是我找你。"

"那是谁？"白柔向来不喜欢打哑谜。

"怎么说呢……"律莹巧笑倩兮，"是个古古怪怪的丫头。"

白柔似乎兴味索然。

律莹见状便再加上一句——

"她说奉了师父的遗命，要重建琅羽。"

白柔终于睁大了那双火红的眸子，于是律莹便知道这事已然成了一半，心底一片欣慰。

原来，自己真的还有一件可为之事。

"她说奉了师父之命？"白柔充满诧异的声音在耳边响起。

"是啊！"她重起笑靥，向白柔肯定道。

清冷的雪子哼了一声："她有何凭证？"

她想了想："无凭无证。"

白柔雪白的双眉顿时扬了起来，嗤笑道："那你居然信她？"

也难怪白柔多疑，琅羽门虽然覆灭多年，但门中所遗诸多蕴藏着丰沛灵力的法器尚在人世，水下的琅羽台中也还有数之不尽

的秘卷古本，自有防水保存之法。这些对于修行之人而言都是梦寐以求的至宝。

忽然冒出一个人说领了师父的遗命要复兴琅羽，岂能不招人怀疑？

但律莹早已没了疑心，而现在，她也要说服白柔。

"雪团子，你这疑神疑鬼的毛病可真要好好改改，不然来日就算真让你飞升成功，也没有仙人理你。"她轻声笑道。

若是在以前，看似孤高实则脸皮子甚薄的白柔听了这种话必然要翻脸，然而此刻，那雪子却只是轻轻哼了一声道："我才不稀罕旁人理我。"

看来尘世流落一番，脸皮见厚啊！

律莹又笑起来，却也不再取笑，而是说出了自己真正的想法："其实本来我也是不信的，但是后来我想起来，我见过那个丫头……我刚入门那年，她来拜见过师父。"

"我怎么不知道？"白柔蹙眉道。

"再怎么说，我也比你早入门了几年。"她又逮到了机会，"所以还是快叫一声'师姐'来听听？"

雪子又冷下脸来。

"罢了，不与你说笑了。"

律莹正了脸色，讲起了当初紫衣仙人如何来琅羽求助于师父，又如何在回归时化为一段紫檀仙木。她还记得，师父拿着那截紫檀闭关了数月，也因此她才有机会从琅羽门逃走。

"所以说……"听过律莹所说的过往，白柔沉吟良久才回话，

"你觉得,那个说要复兴门派的丫头,是那段紫檀仙木所化,并且她的原身就是你见过的那个已经成仙的紫衣少女?"

律莹郑重地点了点头。

白柔冷冷地看了她一眼,仍是疑心未去:"你真能肯定?"

也是,一段木头和一个仙人之间,总让人觉得应该有很大的差距⋯⋯

"肯定。"律莹只觉得自己快要翻白眼了,白柔不愧是门内的乐执令,难以说服的程度真是无人能出其右。

"她的眉眼与那紫衣仙人一模一样,即便形貌能伪装,但她所具有的灵气总是不会变的。"她祭出了最后的撒手锏,"至于她为何能这么快从原形回复为人形⋯⋯"

她刻意停顿了一下,见白柔果然凝神倾听才继续道:"当日将那段紫檀木送回琅羽门的人本体乃是灵兽,要知道那些个灵力强悍的灵兽脊骨上都生有一块突骨,取下后便可锁魂,我见过那段檀木,内中就嵌着一枚锁魂钉。"

话到此处,她停下来看白柔的反应。

却见白柔一脸"我听你胡说"的表情,冷声道:"那不就是灵兽的灵骨吗?失去灵骨,灵力外泄,那灵兽便只能回初生之地沉眠以保灵气不散,不然就会灵气衰竭而死。谁那么嫌命长,将自己的灵骨也捐出来?"

"那就不知道了⋯⋯"她沉吟片刻,笑道,"这世上总是有很多傻子的。"

这次白柔倒不反驳了。

雪子从来冷若冰霜的神情，蒙上了一层似有若无的黯然之色。

果然呢，行走于世，总会看到一些事，遇到一些事，亲自经历过一些事，而这一切的一切，则会最终将你变成一个你自己根本无法想象的样子。

律莹嘴角噙笑。

那紫衣少女的锁魂钉，她心底的瑾都，还有让白柔蒙上忧色的那个人——她们每个人，都背负着难以偿还的东西，在这世上踽踽独行。

所以她想白柔最终会答应帮忙的，毕竟相似的人总是惺惺相惜，不是吗？

"好。"

良久之后，沉默多时的雪子终于开口。

"这既是师父的安排，我便看看究竟是怎样一回事。"

白柔和律莹在湖畔等了几日。

是夜良宵。

大湖之滨，白柔总算见到了律莹口中的那位身着紫衣的豆蔻少女。

她仙气盈身，确非凡体，却没有飞升九曜，而是被困于凡地，光这点就够怪异的了，更不用说……

白柔凝视着眼前的少女，觉得她一点儿都不像一个仙人。

仙人不该有这样温柔，甚至有些含羞带怯的笑靥。

他们不该都是超脱了七情六欲，灵犀不动，一片淡然的吗？

然后她又想起了凤隐。

想象了一下风隐一片淡然的样子。

算了，实在无法想象。

所以大概仙人也是有特例的吧。

她和紫衣少女互相打量着对方，却听律莹含笑说道："看吧，我就说雪团子一听是师父的遗命必然答应，这不就来了吗？"

"别叫我雪团子。"她扫了律莹一眼，旋即仍看向紫衣少女，却见少女微微领首："你就是白柔师姐？我名沐楹，是……"

"是领了师父遗命，要复兴琅羽门的人，是不是？"白柔不耐烦那些虚礼，更因那声"师姐"无端生出些焦躁来，便打断了她，开门见山直击主题："那你打算如何复兴？"

一边说着，白柔火红的眼眸一边转向三人身畔的大湖，言下之意很明显——

琅羽台已在汤汤水下，若言复兴，首要便是如何重塑结界，退水登台。

沐楹莞尔一笑："你们可听过五音之阵？"

白柔与律莹相视一眼，皆摇头。

"五音阵乃琅羽秘法，是以五件仙器为托，以五位琅羽门人为媒，奏宫商角徵羽五音化阵。此阵法能够退水生晶，重塑曾经庇护琅羽台的结界。"

白柔被五音阵激起了精神，但又不免担忧。先不要说列阵所需的五件仙器，首要的一个问题……

她瞟了沐楹一眼："我们只有三人。"

却见沐楹盈盈一笑，低头，双手间拢起一团白光，等光华消

散之后,她手中便稳稳地抱了一个玉质的坛子。

那坛子通体剔透光滑,似乎还散发着淡淡的暗红色光芒。

白柔看了不解,但一旁的律莹显然知道些什么,问道:"这就是你这些天再探九幽城的成果?"

沐楹轻轻点了点头。

"坛子里是什么?"

"骨灰。"

律莹倒吸一口气,不甚理解:"你去九幽城,就为了弄一坛骨灰?"

"有了它,卫如陵便不得不来。"

白柔红眸微眯,卫如陵,是在她入门之后两年被师父捡来的孩子,在琅羽未灭之时是门中年纪最小的师弟。

"卫师弟当真会来?他跟九幽城又有什么关系?"

沐楹笑而不语,只低下头去。

她想,卫如陵一定会来。

是他将她从琅羽门中带出来,是他一路将她当妹妹一般护她周全,是他为了师父的嘱托鞠躬尽瘁,也是他,眼中含着被欺骗的冷意与绝望,决绝而去。

但只要有这件东西在此,那个叫卫如陵的男子,就一定会不远万水千山,如期而至。

一

那会儿,正是琅羽门大祸方至,初初倾覆之时。

卫如陵从未想过，如师父那般温润的君子，竟也有走火入魔的一日。

师父杀了许多门人，而当看见他的那一刻，一双血瞳忽然回复清明。借着这短暂的清醒，师父将一件大任交托与他。

"我纵然粉身碎骨亦不足抵这罪过，只是琅羽，不能毁于我手。"

师父声音嘶哑，抱出一个昏睡着的紫衣小女孩交给他，并将一只锦囊塞入他袖中："务必带她去夜罗领地，找到'琉璃魄'，琅羽门能否重建在此一举！"

师父紧紧握住他的手腕："锦囊中的地图标有夜罗大致方位；另有丹药一枚，此药非凡物，不到你生命垂危之时，切莫使用。"

师父久久凝视着他，欲言又止，终是叹息一声："你走吧，快走。"

什么都来不及问，他便被师父双掌一托，推离了琅羽门。

他只能眼睁睁看着结界破碎，看着偌大师门被涌入的湖水逐渐淹没。他的心也仿佛遗落在了汹涌的水中。

卫如陵是个无父无母的孤儿，是师父捡到了奄奄一息的他，一手将他养大，不仅亲自教习术法音律，还在他十四岁时赠予他一把灵力奇高的金丝楠木琵琶，名唤讷言。讷言珍贵，多年来众多师兄师姐曾向师父求取多次皆被婉拒，因此当时在门内引起过不小的轰动。

这份恩情,穷其一生恐怕也难以回报。如今这关乎师父和师门的重任,自己必须倾其所有来完成。

即便他的目的地,是夜罗领地,传说中的魔族末裔的居所。

千年之前,仙魔大战以魔族完败告终,其族人伤亡惨重,败回魔界。却有个别负伤者未能在界门关闭前逃回,只好隐匿行迹隐居九洲,后与人类通婚杂居,其后代繁衍绵延,形似人形却有异能,其族统称夜罗。群仙惮其魔性未除,欲彻底剿灭,然千年来遍寻九洲却始终难觅其踪。

群仙耗费千年都没能找到的地方,他凭着这张地图就能抵达?

卫如陵也有疑问,但他还是牵着那紫衣小女孩一路向地图所指的西南方走。

说起来,这小女孩也甚为奇怪。她在离开琅羽门后苏醒过来,然而醒后整个人痴痴呆呆,除了把玩掌心那朵白花和望着他傻笑外,根本不会说话。

二

一路到了鸣玥洲,离目的地尚远,却接连出现其他门派的修真者欲抢夺他的讷言。初时几个人他尚能应付,然而经过鸣玥平原时,遇上了几十人对他围追堵截,领头的是玄晶门掌教。

也不知有何深仇大恨,这位掌教除了抢夺讷言外,竟还对他下了杀令。

卫如陵势弱受了伤,拼命背起小女孩往西逃去。后头的人穷追不舍,眼看他双脚的交替越来越迟缓。

远处,似乎有人翩然而来。一身灰色长袍,仙风道骨。

少年抱着最后一丝希望朝那人喊:"救……救命!"

那人倒有侠义之心,闪身来到他跟前,将他护在身后。

追上来的玄晶掌教见此状况一愣:"你是谁?别多管闲事。"

"这么多人,追一个年轻人和一个孩子,实在不光彩。"那人面含微笑,并不打算让开,周身肃然的气势逼得玄晶掌教流下了冷汗。

虽带着上百人,但全加起来也不是眼前之人的对手。掌教判断出这一点,唯有下了撤退令。

"多谢搭救。"少年行了一记拱手礼,"在下卫如陵,请教阁下……"

"晏肃。"对方十分爽快地报上名字。

锦囊从少年身上掉出,晏肃朝着散开的锦囊口瞥了一眼,大约是瞥见了内里地图的一角——

"你在寻找夜罗?"听口气对"夜罗"一词并不陌生。

卫如陵阅历不算深,却也心知晏肃绝非普通人,师父给予的地图上只标有大致方位,既然晏肃知道夜罗,那么或许能给他更多的信息,于是问道:"阁下知道夜罗?"

晏肃似乎微有一滞,面上却依旧微笑着:"听说隐居在滇

洲边陲,无人能找到他们,数百年来也仅有一名族人离开过他们的领地。"

得到这个消息的少年欣喜地与恩人别过,连日披星戴月赶至溟洲,来到西南边陲。

而先前欲抢夺讷言的玄晶掌教并未放过他,一路跟随,此时才再次动手。

"要怪,就怪你有一个讨厌至极的师父!"玄晶掌教手势一下,乌泱泱的教众朝卫如陵拥去,似乎不见他死决不罢休。

少年奔逃进一座寸草不生、四处皆是岩石峭壁的山里,半山腰处,他瞧见前方有一条河,河水呈幽蓝色,像是要将人吞噬一般。可此时他哪里还顾得上,河中的危险绝不会比岸上更大,于是抱起小女孩,一咬牙跳进河中。

一名门人探查后向掌教汇报:卫如陵跌下山崖,必死无疑。

三

赤墨三个月后将年满十六岁,几位长老在长生殿上争论着庆典相关事宜,他们各有想法,争执不让,就连庆典主角偷溜出去也无人发觉。

少女神思恍惚地游荡着。哪有人真心关心她的生辰,不过是要借着庆典逼她履行自己的职责罢了。从出生起长老们便不停告诉她,待得年满十六,她就要成为全族人赖以生存的支柱。

从没有人真的将她当作一个有血有心的"人"。

不知不觉走到远离闹区的河边。此河名暗河，是九幽城唯一的水源，幽蓝色的河水深不见底，间或打着漩涡往远处奔流而去。

河的尽头，连接着一个她从不曾去过的世界。

她抬眼往尽头方向瞧去，突然发现河岸边似乎有什么东西。于是快步走去。

地上躺着个全身湿透昏迷不醒的少年，身上带着多处刀伤，发髻散开遮住了半边脸。而一旁跪坐着一个看似十二三岁、穿着紫衣的小女孩，女孩没有受伤，正呆呆把玩着自己手里的一朵白花。

那朵花，竟发出柔和的白色光芒，美得炫目。

他们两个皆不是九幽之人！

赤墨惊呆了，她还从未见过城中来过外人。听长老们说暗河是唯一与外界相通的路，然而河水被先祖施了法术，消去浮力，坠入河中犹如坠落悬崖，物体无法漂浮于上。传说中唯有九曜洲的神木才能够在暗河中浮起来。

这两个人是如何进来的？该怎么办？要报告长老吗？

正犹豫着，紫衣小女孩忽然转头朝她一笑，伸手递上那朵白花。

九幽城常年不见日光，鲜有植物生长，即便偶有喜暗喜阴的花草，枝叶也全是深色的。而白色的花朵，赤墨只在偷溜进禁地时，在禁书上偶然见过。

于是怀着好奇的心情接过,花朵的白光在她掌心中似乎更盛了。她爱不释手地反复把玩,不知不觉降低了戒心。

"你们是从哪里来的?"少女试着问小女孩。

然而小女孩只是状若呆傻地笑着,完全听不懂她的话。

躺在地上的少年头一歪,吐出一口呛在鼻腔的水,转而有了些意识。

"有人……追杀……"他勉强挤出几个字,旋即再次昏过去。

"喂喂!"少女蹲下摇晃他的肩,湿漉漉的头发被甩到一边,露出底下俊美秀气的脸。这脸与九幽男子的粗犷极为不同。

他们应该……不是坏人。赤墨下了这样的判断。

四

离庆典只剩最后三日。

大长老命人捧上一套新衣裙。这身黑红拼色的礼服是为赤墨量身定制的,剪裁上颇具心思。少女却不领情地别过脸:"颜色真丑。"

大长老尴尬地咳了一声:"那你喜欢什么颜色?"

"白色。"

大长老连连摆手:"白色乃本族禁忌,万万不可!"

少女小声嘟囔着"既然如此,你又何必问我",但也不忍继续为难他,于是说:"罢了,我穿便是。"

暗河旁的一间小木屋中，少年信手拨弦，弹着一曲小调。不多时有人推门进来，笑着拍手称赞："真乃妙音！"

卫如陵奏完一曲："赤墨姑娘若喜欢，在下愿日日献奏。"

"可惜接下来几日要为庆典做准备，怕是来不了了。"她双手托腮，一副十分遗憾的口吻。

少年从袖里取出一对铃铛："这是龙凤铃。"他将其中一只塞进她手中，"只要我对着龙铃弹奏，你便能从凤铃中听见。"

少女便又喜笑颜开："你们琅羽弟子宝贝倒多，还有这把可变大变小的琵琶——"她探手往讷言上一摸，讷言却骤然间缩小成只有半个巴掌大小的琵琶木雕，"哟，你看，还不愿让我碰呢。"

自从赤墨在暗河边救下卫如陵和小女孩，便将他们安置于鲜有人迹的此处，如今他的伤已好了大半。

卫如陵也告知了自己因讷言而被追杀一事，还说小女孩是他的妹妹，幼时生过重病，成了现在这样。

卫如陵见少女全盘相信自己的说法，心中总有一丝愧疚。因此即便数次想从她身上打探有关"琉璃魄"的消息，话到嘴边却总说不出口。

神思尚恍惚着，卫如陵听见少女问道："你知道白灵山吗？"

卫如陵曾在琅羽典籍上读过,那似乎是一座位于溟洲中心的山。

"据说那是一座笼罩在白光之中的神奇之山,山上有一头毛发雪白的雄狮,它能让所有的树都开出白色的花。"她露出向往的神情,只是那份向往背后,隐藏着一丝落寞。

他明白,夜罗族人,是终生不得离开九幽城的。

正不知该如何劝慰,她却已变了话题:"怎么办?在庆典上他们会交给我一项十分重要的任务,可我……总是不安。"

"你不愿做?"

"那倒不是……"

"大概是因为,你被寄予厚望,怕做不好而令他们失望吧。"虽不知她的任务是什么,但这份心情他甚为了解,就好比师父交托的任务,因为太过重大而令他时时惶恐不安。

赤墨微微沉吟:"该怎么办?"

"那好办。"少年露出明亮的笑容,"只要直面这份真实的心情,尽力而为,无愧于心便可。"

少女似是受到了深深的触动,沉默了许久,再开口时语中的犹疑已荡然无存。她笑得舒心:"卫如陵,我赤墨认定你这个朋友了。"

五

九幽城有一处禁地,除了夜罗圣女之外任何人不得擅闯。

今日却有个不速之客。

少年抬头看了一眼挂在天空的红月。九幽城不见日光，好似整座城皆被笼罩在巨大的黑影之下，除了靠火把和夜明珠照明外，红月便是不可多得的自然之光。

卫如陵曾听赤墨无意间提到因偷入禁地而被罚一事，便暗暗对"禁地"一词留了心。他直觉认为琉璃魄极有可能藏在那里。

今天恰逢夜罗族大庆典，所有族人尽皆前往广场同庆，也为他的行动增添了方便。

卫如陵来到九幽城角落一处空地，这块空地被九根石柱围起来，乍一看平淡无奇，他却能感觉到此处便是气息流动的中心。

蹲下以手掌触地探查，地面竟然缓缓升腾起一股蓝光，而后空地上浮现出巨大的水滴状图形。犹豫了片刻，他再次以手掌碰触水滴图形，只听"哐"的一声，图形消失，一道暗门随即打开，底下是一条蜿蜒向下、瞧不见尽头的石梯。想来这便是禁地入口。

这……会不会太容易了？少年握一握别在腰上的琵琶木雕，事到如今，唯有前去一探。

他向下迈了足有千步，就在以为这石梯永无止境时，尽头却到了。

眼前是一条两壁上装点着夜明珠的走廊，借着光亮，他瞧见一幅幅雕工精美的石壁画，每幅画的主角皆是身着华服、气质高贵的女子，虽然她们五官各异，眉心却缀着相同的水滴状

宝石。

走廊尽头,两扇黑色的门扉紧闭着,门的中心,也描画着水滴图形。

少年正欲探手摸去,走廊那头却响起一声厉喝:"何人擅闯禁地?"

无处可躲,少年口中说着:"对不起,我只是无意……"心中思索着逃脱的方法。

"你并非夜罗族人!你是谁?"

看来只能以武力一拼了。卫如陵寻找着突袭的时机,身上龙铃忽地抖动,赤墨的声音传入耳中:"切莫动手,等我!"

少年微微一愣。

九幽城一处监牢里,他被铁链缚住双手,看守他的人用充满敌意的目光瞪视他。

不多时,外头传来一阵脚步声。

他往外瞧去,只见走在人群最前头的是一名身着黑红拼色长衫的少女,少女眉心缀着一粒红色水滴状宝石。她的美丽和高贵深深吸引了他的目光,令他忽而想起了那些壁画。

而少女的脸——

竟是赤墨。

一颗心仿佛被什么击中,在胸腔中凌乱地跳动起来。

赤墨走到牢门前,肃然道:"放了他。"

大长老连忙劝阻:"九幽城从未有外人来过。此人可疑,不如丢入灭魂池……"

"他是我的朋友。"少女提高音量,"还是说,你们想违抗新任圣女所下的第一道命令?"

声音中带着不可违抗的王者之气。

人群"哗啦啦"跪了一地,再无人敢反对。

原来,赤墨所说的"十分重要的任务",是成为守护夜罗一族的最高领袖。

她竟是夜罗圣女。

六

"赤墨,我……"回到小木屋的卫如陵很想向她解释些什么。

可他又能解释什么?

少女面容冷冽,良久才冷冷道:"你究竟是什么人?来我夜罗领地有何目的?"

从认识她以来,她的表情总是丰富而生动的,此刻面对她冰冷的质问,他竟心慌不已。

一只手猛地掐上他的脖子:"快说!"

他不得已撒谎道:"我见你喜欢白色的花,便想在九幽城找出适合培育花朵的土壤。无意间走到那处空地,地面突然出现一道暗门,好奇之下才进去一探究竟,并不知是禁地……实在抱歉。"

脖子上的手缓缓松开了。少女眉眼舒展,换上一副看似松快,却令他难辨真假的神情。

"还好你听我的话,未与看守禁地的族人动手,否则我也保不住你。"少女晃动凤铃,嬉笑着说,"今天是我生辰,本想庆典一结束便来找你讨份礼物,谁知你竟为我惹下这大麻烦。你说,该如何补偿我?"

他看不穿她真实的想法,只能支支吾吾道:"你想……要什么礼物?"

"你的讷言。"她眉眼弯弯,眸里的光一闪一闪,令他脑海中骤然升起"只要你不生气,就送你"这般他以前绝不会有的念头。

"开玩笑的,讷言是你的珍宝,我怎忍心夺你所好?"她依旧笑道,"你说要为我培植白色的花?好,从明天起,我便与你一同寻遍九幽,直到找出合适的土壤,让你种出花来。"

或许,她是真的信他所言了。他略微放下心来时,却听她说道——

"然后,你必须离开。"

一股不可言说的失落感涌上心头。那一瞬间,琉璃魄或别的什么,从他思绪里全然消失了,唯一在意的,是她终究要赶他走。

"抱歉,身为圣女,我不得不首先考虑族人的安全。"她留下这句话便离开了,只余他定定伫立良久,默然无语。

接下来几日,赤墨领着他转遍了九幽城。他想为她培育出白色的花。虽然当时用这理由骗了她,可那份心情并非虚假。

卫如陵将花茎埋入所选的土壤中。无根之花本不可生长,但小女孩手中的花颇具灵气，说不定能创造奇迹。

只是此时此刻……他又希望这奇迹来得晚一些，再晚一些。

七

赤墨邀卫如陵在九根石柱围起的空地相见，要他演示一遍前次打开暗门的方法。

他愣愣地照做，当手掌触地的一瞬，水滴状图形显现，跟着地面暗门便浮现了。

少女轻笑："你果然与我族有缘。"便牵起他的衣袖，将他拉下地道。二人直达地道底部，穿过壁画走廊，来到尽头处的门扉前。

她取下悬在额前的宝石贴于门心，"咔"的一声，门便向两旁缓缓打开了。

门后，便是夜罗一族埋藏所有秘密的禁地，也是唯有夜罗圣女才能进来的地方。她为何要带他来？

赤墨面含微笑，像是了然他的疑问："我曾诊查过你妹妹的脉息，本想看能否治好她的病，岂料一诊才知她并非普通人，躯体里暗藏仙气，可魂魄却不全，若不是靠体内某种媒介维持着剩余魂魄，她早该从世上消失了。"

她又顿一顿，才道："于是我便假设，你来我夜罗领地，是为了寻某样东西，来补全她的魂魄。"

少年讶然抬头。他的目的被她猜得八九不离十，可更让他

惊讶的是小女孩的身份。师父只交代他寻找琉璃魄，至于小女孩从何而来，与化解门派劫难有何关系，他一概不知。如果赤墨所说是真，那么极有可能琉璃魄便是能补全她魂魄的东西。

赤墨伸手指着石桌上的书，他瞧见书本扉页上写着"琉璃魄"三字，连忙抓过来翻看。

仙魔大战之终，魔族有二魔未能逃回魔界，于是张开结界隐居于溟洲，后与人类通婚杂居，建九幽城，成为夜罗领地。及至二魔寿终之时，担心后人为群仙忌惮追剿，于是舍身化为琉璃魄，寻夜罗未出世之胎儿为宿主。宿主出生后，若为女婴，则于十六岁接任夜罗圣女一职，维持结界，阻断外界与九幽之气息交汇。因此，琉璃魄乃维系夜罗族人安全的至宝。

卫如陵心中一惊。照书中说来，他所需的琉璃魄……竟在赤墨体内！

少女转身背对着他："取走琉璃魄我便会死，可我不能死，我有我的使命与责任。抱歉，琉璃魄，不能给你。"

心无尽地下沉。从未料到，师父交托的任务，竟必须用她的性命来交换。以前的他唯奉师命为天条，从不敢有一丝悖逆。他本该不惜一切代价取走她的琉璃魄，甚至就在此处以讷言之力杀了她。但面对此情此景，他不禁迟疑了。

对她，他不可能下得了手。

突然，他想到什么："不对，书中所写琉璃魄应有两枚，另一枚在何处？女婴长大接任圣女，那么若为男婴呢？"

他们此时所在只是一间藏书室。赤墨默默牵起他的手，再次领着他穿过一条狭长走廊，这条走廊通往室外，尽头处一片豁然开朗。眼前仿佛是一处峡谷，峡谷底部有袅袅白烟升腾而起。

"此为灭魂池。当圣女寿终时，躯体便要由长老们抛入其中，琉璃魄自会分离出来，寻找下一任宿主。"少女淡淡道，"可是夜罗族，曾有一位在生时自行跳入灭魂池的圣女。"

夜罗族以女性为尊，女子灵力通常比男子强大许多，因此倘若琉璃魄宿主为男胎，便要在孩子出世后将他抛入灭魂池，以使琉璃魄重择其主。当年，上一任圣女怀了孩子，而后胎儿成为宿主，圣女却发现所怀是个男胎。她不舍腹中孩儿，便想尽办法逃离了九幽城。当她回来时，孩子已不见，她以一己之身为结界加持了十六年的效力，而后纵身跃入灭魂池。

她的琉璃魄的新宿主，便是赤墨。而身怀另一枚琉璃魄的男孩，出生于九洲大地，而后不知所终。

卫如陵瞠目结舌，隐隐觉得赤墨是在暗示他便是那个男婴。

然而，他还来不及细细分析这些扑面而来的信息，赤墨额心的宝石忽然瑟瑟颤动起来。

那是只有夜罗族人遭遇危险时才有的信号。

八

千年以来，九幽城尚是第一次遭遇如此沉重的打击。

数名族人被杀，几十人重伤，他们全无还手之力，甚至连

袭击之人的样貌都未曾看清。

长生殿中,长老们一致向赤墨陈词,九幽城里唯有卫如陵最有嫌疑。这一次,无论圣女如何袒护他,为了夜罗,他们有权力处置这个外人。

卫如陵再一次被捆绑着扔进大牢。明日他便要被处决,按例不能再见任何人,因此就连圣女也只能打晕守门人才能进来。

当赤墨打开牢门站在他面前时,他脱口道:"不是我。"

"当然,族人被杀时,你正与我在禁地……"她略微犹豫,"你不怪我自私,怕被长老责怪而没说出实情吗?"

他深深凝视着她:"你不说出来,只是不愿让长老们知晓我便是前任圣女之子,不愿我被抛入灭魂池罢了。"

少女"扑哧"笑出声来:"你倒十分了解我。"说着,她便用钥匙打开缚住他的铁链,"就凭这份了解,我放你走。"

"其实……我或许知道罪魁祸首是谁。"

先前长老命人将他按跪在死去的族人面前叩拜时,他曾察觉到一丝似曾相识的气息。

那个曾在鸣玥平原救过他的人,晏肃。

以琅羽门人之力,要找出一个气息强大的人并不难。卫如陵取出讷言,弹奏起一曲平常小调。音符在空气中激荡飘散,寻找着隐藏起来的气息旋涡。

那人在暗河边。

两人匆匆赶去,晏肃正在岸边施施然屏息打坐。他仍是那身灰色长袍,可这一次,卫如陵很轻易便察觉出前次被他刻意隐藏起来的一股仙气。

晏肃竟是九曜洲仙人。

他冷淡道:"初遇你时竟未觉察你夜罗后人的身份,想必有高人为你隐藏了气息,否则我当初根本不会救你。"

卫如陵一愣,晏肃所说的高人,莫非是师父……

"不过歪打正着,若非你身为夜罗后人,又抱着那根不知从何而来的仙山神木,暗河不会为你打开通往九幽城的通道,我也无法紧跟你而来。这些日子我已摸清夜罗族所有情况,如今,是到斩草除根的时候了。"

仙魔曾有过节儿,群仙中不乏欲将夜罗彻底剿灭之人,晏肃显然是其中之一。他的目的,绝非杀死几个无关紧要的族人,而是要灭掉夜罗的根基——

卫如陵悟到这一点,急忙将赤墨护在身后,右手已摸向腰间的木雕,转眼间一把精致的琵琶出现在他手中。

他不能让她有事。指尖翻飞,他凝聚气息,以音符催动凌厉的气剑向晏肃挥去,却被他轻而易举驱散了。

"雕虫小技。"以他仙人之能,区区乐音能奈他何?

卫如陵咬紧了牙,师父曾说过讷言实为仙器,只是一直沉睡,机缘到了才会觉醒。倘若他能激活仙器之力就好了,唯有那样才有阻挡晏肃的可能。

"让我来。"赤墨的灵力并不亚于他,只见她双手结印,念出口诀,暗河中的水立即翻腾起来,化作水柱向晏肃袭去。

晏肃却岿然不动,反手一挥,水柱竟改变了方向,直直向赤墨扑来。

慌忙之下卫如陵一掌推开来不及闪避的少女,自己右肩却被水柱擦伤,渗出了殷红的血珠,沿着手臂一直滴到了怀中的琵琶上。

即使联合二人之力,他们也不是九曜仙人的对手。

"去那里!"少女朝少年一点头,两人便心有灵犀往同一处奔去。

"哼,想逃吗?"晏肃紧追其后,眼看两人钻进一条地道,他不疑有诈,随即跟了上去。

门轰然闭上了。

九

他们的目的,是要将仙人诱入灭魂池。这或许是唯一能打败他的机会。

卫如陵先前在牢中静思许久,倘若要在赤墨与师父间二择其一,他宁愿舍弃自己。

若按照赤墨的推断,他体内便有另一枚琉璃魄,由他去……一举两得。晏肃是被他带来九幽城的,而九幽城是赤墨终生需要守护的地方,他帮她除掉威胁,便等同是守护了她。

穿过走廊走进藏书室,卫如陵拉起赤墨的手,阻止她继续往前:"你留在这儿,我来引开他。"

少女瞪大眼。将仙人诱入灭魂池的同时,那个人怕也自身难保。她从未想过牺牲他，消灭不怀好意的入侵者本就是她的使命。

外头响起晏肃冷然的声音："这扇门，岂能阻我？"

没有更多考虑时间。少女露出一个俏皮的笑容："果然患难见真情啊！"

他轻轻捏了捏她的手，便欲朝灭魂池走去。手掌却被死死握住，一阵酥麻感传来，他心知不妙，眼前少女的脸渐渐模糊，然后，他跌入一片黑暗之中。

倒下前的最后一秒，他仿佛听见她说："我答应，定回来见你。"

不知过了多久，他在焦急中挣扎而醒。藏书室前后两扇门皆被打开，赤墨与晏肃不见踪影。

在灭魂池！

他拼命站起来，眩晕感仍在，他咬牙撑着双腿，一步步走向她。不能有事，她千万不能有事。

跌跌撞撞来到走廊尽头，他瞧见峡谷上方，赤墨与晏肃正斗得难分难解，但少女显然已显吃力。

"赤墨！"卫如陵焦急地呼喊一声，怀中琵琶簌簌抖动，突然像感应到他的焦灼一般，发出一团暗红光芒。他感觉到讷言在接受了他的血之后似乎打开了什么禁制，竟涌现阵阵仙气。

讷言，就此觉醒。

卫如陵急忙凝息于琵琶弦上，奏出前所未有的一响，击向

悬浮于空中尚与赤墨拉锯的仙人晏肃。

只见音符化成的气剑瞬息突破晏肃的防御，直直刺穿他的心脉！

"不可能——"晏肃呕出一大口血，不可置信地望着卫如陵，欲飞身而上催动最后的仙力朝他袭去，却被赤墨看准时机死死拖住他的双脚，慢慢地往下拉，狠了心要与他同归于尽一般。

直到白烟掩盖了二人的身影，许久未再出现。

少年的心仿佛也跌入了灭魂池中。他呆呆地望着峡谷下方，时空犹如静止，倘若少女不再出现，他或许会保持这个姿势，就那么伫立千年万年。

一道清丽的人影在灭魂池升腾的白烟之中款款浮现，逐渐朝他飞来，扑进他怀中。

是赤墨！

他以手臂紧紧环绕她，这是他第一次真切地拥抱她。只是欣喜之情还来不及席卷全身，他便被手掌触摸到的一片湿意打入更深的恐惧之中。

赤墨在他怀中瘫软下去："我答应回来见你……"再也说不出更多话来，她被一口鲜血呛住，紧接着，七窍之中源源不断涌出大量的血。

他止不住浑身颤抖，滚烫的泪流下来，滴落在她额心的宝石上。

他想用衣袖为她擦脸，突然触到袖中之物——师父交予的锦囊。而锦囊中的丹药，师父说过，可在性命垂危时服用。

赤墨一定还有救！

他急忙取出丹药放入她口中，可她无法咽下，他便毫不犹豫地将双唇贴在她唇上，以真气将丹药逼入她腹中，然后满怀希望地等待着她的苏醒。

暗红的光芒缓缓浮现，在她体内凝聚成一粒水滴状精魄，而后竟离开她的身体，倏忽进入了不知何时出现在他们旁边的小女孩体内！

卫如陵被这突如其来的状况惊呆了。小女孩脱胎换骨一般，一向跪坐着的她站起身来，从前的呆傻荡然无存。

她恭敬地朝他行了一礼："师兄。"

他只觉五雷轰顶。

师父给的药根本不能救命，而是使琉璃魄自躯体中分离之药。师父早知他拥有琉璃魄，那粒药，原是为他准备的。

倘若他没能取得夜罗圣女的琉璃魄，那么他早晚会因性命垂危而服下此药。师父云淡风轻的笑容之下，是不惜一切代价、不惜牺牲任何人也要重建琅羽门的狠绝。

这是唯一的解释。

小女孩语带歉意："那颗药只是最后的保障，师父本希望你能成功取得夜罗圣女的琉璃魄，便永远用不上这药。可他不料你会爱上她，更不料你会让她服下……对不起。"

痛苦的号叫声回荡在峡谷上方。被尊敬的人利用的同时，他也永远失去了心爱之人。

这结局，比舍弃自己更让人绝望。

十

卫如陵把小女孩驱逐出九幽城。

夜罗大典于十日后再次举行。而这一次,接任圣女一位的……竟是位少年。

由于一枚琉璃魄被小女孩带走,卫如陵是族人仅存的希望,因此长老们不得不同意他"代替赤墨守护夜罗"的请求。

起初反对之声四起,直到众人目睹他祭讷言之力将本已弱化的结界重新加强,才渐渐接受了"男子灵力未必不如女子"这一事实。

他命工匠整修被晏肃毁坏的壁画长廊,亲自学习石雕手艺,然后亲手将赤墨的画像雕刻在长廊石壁上。

他将一束白花放在她的壁画下方。他为她种的花成功生根发芽,只是由于白色象征着九曜洲,乃夜罗禁忌之色,因此他只能偷偷来此为她献上。

而那一对龙凤铃,被他置于桌上,夜半因思念她而孤单时,便向属于她的凤铃敬一杯酒。

偶有微风徐来,龙凤铃轻晃作响,他隐约听见少女欢快的声音从铃中传来。

"喂,我在这里。"

从未离开。

他眯起眼,大概,又醉了吧。

第五回
箜篌雁沉

一

凤箫声动,玉壶光转。

排箫的声音在大湖之上回响,沐檵手中的玉瓮自内向外透出红色的光,一曲吹毕,白柔放下排箫,与一旁的律莹交换了一个眼神。

她们两个所想的自然是同一件事——听沐檵说过在卫如陵身上发生的事之后,她们自然猜到这玉瓮中多半是那个夜罗圣女的骨灰,无怪乎沐檵对于将卫如陵诱来一事有如此把握。

只是没想到沐檵为了复兴门派竟能做到这一步,连死者的安宁都要打扰,这么做,真的对吗?

白柔心下不禁疑问。

扪心自问,她觉得自己对琅羽门、对师父的依恋都已然到了有些病态的地步。

然而这沐槐比她更甚……

忽然,只闻空中传来铮铮数响,随着凌厉的琵琶音律,玉瓮似是有所感应,暗红光芒明灭交替,回应着音律的召唤。

"他来了。"一直端坐在青石上闭目养神的沐槐倏而睁眼,极目一眺,便远远望见有人正踏水而来。

那人来得极快!

白柔与律莹只看到一个身影掠过眼前,还未来得及开口,便听见一个声音厉喝道:"你好大的胆子!"

来人直扑向沐槐,却不想沐槐身形飘忽,每次眼看他就要抓到,最终还是扑了个空。

而看清楚那人的模样后,白柔忍不住心惊。

记忆中的卫如陵是个明朗得如同冬日暖阳的少年,性情温和开朗,见了谁都是一脸笑意,所以门内虽然有不少人对他能得到讷言有些微词,却也谈不上有什么真正的嫉恨。

但是眼前的这个人……虽然有着卫如陵的脸,但眉宇间的沧桑与痛苦,还有他此刻神情中的狂怒和戾气,都令他仿佛变成了另外一个人。

她屏息凝神,不禁向律莹看了一眼,恰好律莹也正在看她。

她们俩都在对方的眼中看到了一份了然和无奈。

这世上,情之一字,竟能折磨人至此。

这世上，也只有情之一字，能够折磨人至此。

却见卫如陵与沐榿一个抓，一个躲，转眼已经折腾了好一会儿，沐榿为了躲避卫如陵疾如雷电的袭击，连话都没法说。

白柔望了望天，执起排箫贴到唇边，只听箫音出管，瞬间扰乱了四下回荡的琵琶弦音。

卫如陵乍然受阻，这才停下了脚步。

律莹不失时机地大喊道："卫师弟，何必一见面就喊打喊杀的？你就不想知道我们为何诱你来此吗？"

她与白柔都站在高处，闻她出声卫如陵便抬头向她二人看来，沉声道："盗取骨殖之事，你们两个也有份吗？"

他双目蕴火，形容癫狂，紧紧怀抱讷言，周身灵力激荡。这副仿佛随时可能扑上来与谁性命相搏的样子，饶是律莹见多识广多历世情，也不禁缩了一缩："师弟别误会，此事我们之前并不知情。"

她绽开一个百媚千娇的笑容，柔声道："我们只是听她说，能把你找来而已……"

她边说还边指着沐榿。

白柔无语地望了她一眼。

死道友不死贫道，她向白柔无声地说了一句。

卫如陵冷哼一声，再度转向沐榿，所幸就是这片刻的停顿，沐榿终于有了喘息之机，当即也不絮言，开门见山道："我取圣女的骨殖，是为完成她的心愿。"

二

就这么一句话，便令卫如陵脸色陡变，只见他愣怔了片刻，终究是暂时放下了讷言，随即嘶声道："什么心愿……"

"你忘了吗？她在世的时候，便一直对白灵山心向往之……我以为，她死后你怎样都会完成她的心愿。"沐榲低声道，"何况，白灵山灵气盛盈，能够超度圣女身为夜罗族的魔气，助她往生为人。"

闻言卫如陵神色一僵，连身形也动摇了："你说的，是真的？"

他指的自然是"超度魔气、往生为人"一事。

沐榲笃定道："自然不骗你。"

卫如陵陷入沉默，似乎在信与不信之间挣扎了许久。然而沐榲料定他到底不舍放弃那一丝丝希望，果然片刻后听他道："我身负守护夜罗之责，不能离开九幽城太久，是以无法护送她前往白灵山。"

"我猜也是如此。"沐榲点了点头，"所以我取骨殖，就是想代你完成此事。"

她说得如此理所当然，仿佛这就是她的真正初衷。

然而卫如陵听了之后，却皱眉看向她，许久，他才嘶声道："这次你又要我做什么？"

这就是曾经被人欺骗和伤害过的人，再也不可能信任任何人。

更不会相信世上有"凭空的善意"这种东西。

当然沐橵也的确没有。

"我奉师父的遗命要再造结界,重振琅羽,为此要起五音大阵,到时候还望师兄暂离九幽城,前来镇守大阵一角。"

她说出交换的条件,这次卫如陵倒是丝毫没有犹豫,立刻应道:"好,就此一言为定,你与我结血契为凭,血契完成之时,我便出九幽前来助你。"

结了血契,就没有反悔或欺瞒的可能了。

对此,沐橵自然浅浅一笑:"好。"

血契在两人腕上各自生成荆棘般的纹路,血契一成,卫如陵便负起讷言踏水而去,临行除了看了看沐橵怀中的玉瓮之外,他对她们三人连一个眼神都懒得给,转眼便走得无影无踪了。

而沐橵也随即收起玉瓮,转向白柔与律莹。

"白灵山一行,不日即归。"

她如此关照道,却见白柔欲言又止,便问:"乐执令有话?但讲无妨。"

"那我就直说了。"白柔也不客套,直奔主题道,"就算加上卫师弟,我们也只得四人。还有你之前说过的五件仙器——"

沐橵知道她要问什么。

虽然只有四个人,但仍能发动五音大阵——因为五音阵法的核心,实则并非琅羽弟子,而是由门人所驱动的五件蕴含着强大灵力的仙器。

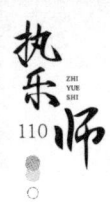

沐槿看着她们的眼睛，道："五件仙器，实已全了四件。律莹师姐的编钟，白柔师姐的排箫，卫师兄的琵琶，以及我手中的短笛。"

她看见白柔和律莹都惊住了，她们虽然知晓自己拥有的乐器在觉醒后乃是力量惊人的仙器，但此时才意识到她们的仙器原来与琅羽复兴一事息息相关。

难道这一切，是早在师父将乐器授予她们之时便计划好的？

沐槿继续说道："如今，我们只需找到第五件仙器。"

这第五件仙器，便是琅羽师祖曾经所用的随身乐器，存在于琅羽门传说中的一把乌木箜篌，名为"雁沉"。

"师祖的雁沉在哪里，你可知道？"白柔终于问了出来。

沐槿所知，便是师祖曾将雁沉封于九洲某处，并言时机成熟时自会现世。

而如今五件仙器已全了四件，雁沉又在何处？

沐槿无奈一叹，她虽能感应其余仙器所在，然而于雁沉的下落却是毫无头绪，她感应不到这把箜篌的丝毫气息，也许是师祖所言的时机还未到来吧。她正想说什么，却见白柔神情微动，似乎想到了什么。

"我有一条线索。"白柔这么说，却不说是什么线索，掉头便向西南而去。

"这就走了？"律莹目瞪口呆地望着白柔的背影，又看看沐槿，"你也不问个明白？"

沐槿低头浅哂:"我也要去白灵山了,师姐,就此小别。"

律莹挥了挥手示意她随意,于是她转身而去,只是走出不过数丈,又心有所感,便回头看了一眼。

只见律莹在水边坐了下来,望着一泓碧波出神。

那如花般美貌的倾城容颜上,却早已没有了惯有的妖娆笑容。

三

半月之后——

又做了相同的梦。

梦中总有一道依稀的白色身影,静默而深情地注视着她,可每当她欲走近,身影却化作碎沙消散而去,握不住,也寻不得。

沐槿自梦中醒来,心头那抹悲伤的感觉仍在,于是起身坐于床沿纳气,不经意间瞥见一旁桌上的铜镜。

镜中容颜似又成熟了两分。

自吸纳了琉璃魄一段时日以后,她的身体在最近几日突然一天天变化起来,不仅长了个子,连头发也比从前长了些。分明不再是十二三岁的模样,倒像长成了十七八岁的大姑娘。

还时常做这个怪异的梦。离白灵山越近,梦中身影便越显得真实。

清晨早起,沐槿推门而出,昨夜收留她的村妇已在屋前给散养的小鸡喂食。

她连忙致礼道谢,村妇爽朗一笑:"不必客气,我也是最近刚从别处迁来。这村子曾经决不收留外人,可前一段不知怎的,村长突然解了禁令,不仅愿意收留外来之人,还要村民对他们倾力相助。小叶村可是溟洲的宝地啊,我得此消息便立即动身来这里安家了。"

村妇絮絮叨叨说了许多,沐樾始终保持微笑倾听着,直到村妇自己也意识到多话了,才有些不好意思地问道:"姑娘,你是否也想留在小叶村生活?"

她摇头:"我只是路过此处,要去白灵山。"

"啊呀!是那座山。"村妇停下手上的活儿,郑重地道,"我听村民们说过,白灵山离此村不远,是座极有灵气的山,只是那山被一种奇怪的结界隔绝,让人靠近不得。恐怕姑娘也上不了山啊。"

她轻道:"无妨。"便向村妇告辞,往白灵山而去。

不过短短一段路,沐樾心中的悸动越来越强。她能感受到村民们所说山周围的结界气息,可那气息却并非将她隔绝,而是吸引她一步步靠近。

犹如一种召唤。

她毫不费力地进了山。散发着白色光芒的树木草叶突然簌簌抖动起来,为她指出一条通往半山腰深处的路。

心中虽有些疑问,但四周一切皆让她感到亲切而安全,于是放任自己跟随着召唤来到山路尽头。

眼前出现了一个山洞，少女钻进去，沿着狭长石廊步步前行，而后穿过石门，进入一个挂满钟乳玉石的石厅。

石厅正中架着白玉筑成的石台，上方被白光结界笼罩，而石台上，伏卧着一头毛色雪白的雄狮。

她瞧见它双目紧闭，一动不动。

天地静谧，唯有钟乳石滴下的水声回荡着。前一刻还悸动的心此刻却仿佛停止了跳动，就连如何呼吸也不会了。

她颤颤地伸出手去，当触碰结界的一瞬，白光仿佛幻化成一只手，将她的手轻轻握住。然而再一眨眼，白狮依旧静静伏卧，不动分毫，甚至让人怀疑它是否活着。

刹那间，无数的记忆纷至沓来，那一幕幕关于少女与白狮的画面在头脑中炸开，她的心如同受了一记重击般钝痛难忍，身躯也慢慢地、软软地滑倒在了地上。

不觉泪眼婆娑。

"洪……连……"她轻轻唤道，却明白，不会得到任何回答。

四

沐楹牵着许大娘家的两头牛去溪边饮水。

路上所遇村人都友善地朝她打着招呼，已将她视作小叶村的一分子。

数日前从白灵山回来，沐楹浑浑噩噩走到曾收留她过夜的村妇家门口，便双脚一软跌在地上。许大娘恰巧出门瞧见，急

忙扶她进屋，起初她只顾着哭泣，一句话不肯说，后来便央求留在许大娘家中度日。热心肠的许大娘未曾婚嫁，膝下无子，十分乐意有个模样娇俏的姑娘与她做伴，于是一口答应下来。

只是问及在白灵山究竟发生了何事，沐榲始终未置一词。

少女在溪边坐下，看着水中倒影。她的模样停留在了十七八岁，正是她记忆中身为"落檀"时的样子。

她究竟是谁？

一直以来，沐榲认为是师父一手创造了自己，并赋予她重建琅羽门的使命。

为了发动重塑门派结界的五音迷阵，她费尽心思寻得乐影师律莹、乐执令白柔相助。不仅如此，她还盗走夜罗圣女的灵骨坛，将师兄卫如陵诱离九幽城，以"将灵骨带去白灵山安葬"为条件，最终得卫师兄暂时抛却前嫌，答应镇阵法一角。

说来也奇怪，沐榲的神识之中原本只有师父植入的与门派复兴有关的事情，她一直以为自己对白灵山了解颇多是因为师父给予的信息。因此明明从没去过，却知道白灵山的灵气确能超度夜罗一族的魔气，助圣女往生一事。

可沐榲不知，自己竟与白灵山有如此深厚的渊源。再细细回想一番，才发觉有关白灵山的一切并不来自师父赋予的神识，而是刻在身体里的一种本能。

在见到洪连的一瞬，她已恢复了有关"落檀"的所有记忆，知晓了洪连为她而拔掉锁魂钉，以致如今被困在白灵山沉眠的种种。

她的容貌依旧，记忆却分成两段，心也仿佛被硬生生掰开，一半是从前的落檀，一半是师父制造的沐樾。

这到底是怎么回事？第一次，沐樾怀疑起师父来。她细细回想，从落檀第一次入琅羽门求见，师父便以她的树身作了交易条件，看来正是为了以仙木为媒，创造出一个可以为他所掌控、担任复兴大任的生命。

如此说来，师父一早便知琅羽门将逢劫难，而自己，只不过是他提前安排好的棋子。

却不想会连累洪连。

想到洪连，胸口荡起一抹绵延的疼。她竟找不出可以唤醒他的方法。她本想取出体内的锁魂钉还予他，哪怕自己会因此魂魄消散也心甘情愿，可已非仙人的她无法将锁魂钉逼出身体。

琉璃魄乃魔族圣物，足以抵消她曾经拥有的仙人身份，如今的她，空有紫檀仙身，却也不过是个灵力较高的羽人而已。

罢了，这样也好，不是仙人，便可尽情思慕；唤不醒他，便只在近处陪着他。因此她选择留在小叶村，选择将重建门派之事全然抛却，全然遗忘。

少女将脚旁的石子拾起，扔进潺潺的溪流中，激起一圈细碎的水花。她想，待晌午过后，要再去白灵山看看洪连。

水花过后，当她再往溪中瞧时，只见水中多了一重倒影，竟有人不知是何时站到了她身边。

沐樾猛然回头，眼前站着一个安静得像是没有气息的少

女,一头银丝,肤色苍白,却有着血红的瞳仁,尽管阳光并不炽烈,却执着一把朱红色的伞。

竟是白柔。

"卫师兄来过了,道是你已经完成了血契,他便依约前来。"纵然是责备的语气,白柔宛如冰雪雕成的脸上也始终毫无表情,"却不想你还没有回来,你也是的……事情既然已经办完,为何不归?"

远处适时传来许大娘唤她的声音,打破这难挨的窘境。沐樾牵起拴住牛鼻的缰绳,最后看白柔一眼,决然道:"琅羽门今后,与我无干。"

鲜红眼眸盯着那背影许久,慢慢地眯了起来。

五

白灵山石洞中,少女背靠石台坐在地上,向白狮讲述着这几日生活中的琐事。

许大娘家的母牛生了小牛,散养的小鸡又长大了些,还有隔壁徐老头儿托媒人说亲,想娶许大娘过门,却被骂了个狗血喷头。

说着说着,沐樾忍不住笑起来。她将所有琐事与洪连分享,尽管它现今沉睡着,但倘若有一天醒来,便不会懊悔错过了她的岁月。

"我为你作了一支新曲,你且听听看——"少女摸出袖中的短笛,吹起这首因思念而成就的曲子,曲含深情,却哀而不伤,就如同他们一般，虽无法携手畅游十洲，但毕竟还彼此相伴，已是万幸。

只是笛音孤独，高昂处略显细薄，倘若能有另一种乐器相和便更佳了。这么想着，远处竟隐约响起一阵悠扬的箫声，和着她的曲调，使得曲子更加厚实而完满。

箫声由远而近，待得曲毕，白柔已站在她身前。

"你怎会来此……"沐樾讶异。

白柔并没有回答她的问话，只是一副了然的表情，轻抚手中排箫："原来你是为他。"

沐樾闪身挡在石台前，略带防备之意："他为救我才陷入沉睡，我不会再离开他。"

"呵。"白柔微微眯起眼睛，打量着她，嘴角似乎挑起一抹嘲讽的弧度，"你费尽心思把我们聚在一处，自己倒撂挑子了。"

沐樾突然想到，白柔身为乐执令而游走天下，或许会知晓唤醒洪连的法子，于是说起了锁魂钉一事。

本也不抱太大期望，只是试探着一问，岂料白柔低声说道："听闻琅羽有典籍记录'共生'之法，虽未亲见，但我从……凤岐那里确定过此书存在。"

顿了顿，她又说道："只是门派覆灭，那本典籍在水下，'共生'之法便不得而知了。"

沐樾霍地执起白柔的手，声音激动得发颤："你说的……是真的？"

"我又何必骗你?"白柔冷哼,"爱信不信!"

她当然信,她想要信。就如同当她告诉卫如陵,白灵山能助夜罗圣女往生时,他只会选择信。

既然如此,琅羽台的结界便非要重建不可了。

那么卫如陵的事情已经完成,便只剩下……

她看向白柔:"当日湖畔一别至今已有多时,你可寻到了雁沉的下落?"

当时白柔说有了一条线索,不知可有结果。

却见白柔皱了皱眉:"大致知晓。只是那里被强大的结界封绝,我无法靠近。"

原来如此,沐槶沉默下来。

从白柔的叙述中约略可知,当初琅羽门太羽君凤岐曾盗取门派宝物觅仙鼓,并在鸣玥洲的封巍山脉前以觅仙鼓对抗结界,却最终失败。白柔也是在沐槶提到箜篌雁沉之后才明白,凤岐当初为何执着地说他要以觅仙鼓寻得仙器,挽救门派。

白柔当时曾意识到凤岐不是被选中的那个人,因此哪怕宝物在手也破不了结界,反被反噬而亡。

那么,沐槶呢……

血红瞳仁微微眯起,注视着紫衣少女。她若想唤醒这头白狮,找到雁沉是必不可少的一环。然而封巍山脉绵延几百里,白柔即使又去了一趟诛灭凤岐的地点,却依然确定不了具体的位置。如果当初不毁掉觅仙鼓,现在或许容易多了。她在心里暗自一叹。

"告诉我大概的位置……"沐楹昂首向白柔坚决地道,"让我试试。"

六

是夜,月明星稀,钟乳石厅中,沐楹在白玉围成的法阵中盘腿而坐,双手分置双膝之上,借助白灵山的灵气将意念提至极致。身前短笛紫气乍现,笛身霍霍抖动。

神识中,一片翠绿山脉逐渐显现,沐楹在短笛的带领下正待进一步探索,却被一道突然出现的结界逼退。

她不觉皱皱眉头。

却仍在神识之中勇敢地朝结界迎去,本已做好与之相撞的准备,却不料自结界正中穿了过去。

便得以窥见那片山林水泽的全貌。

那是位于鸣玥洲的封巍山南峰之上的一片森林。

于是天将明未明时分,沐楹与白柔便匆匆启程,直往鸣玥而去。

鸣玥洲位于大陆南端,气候温暖潮湿,十分有利于树木生长,这片土地十有八九被森林覆盖着。

因此,鸣玥洲不仅适宜人类居住,同时存在着众多妖魔鬼魅。

初时白柔有所保留,担心沐楹破不了结界,也担心沐楹被大片森林迷花了眼,未必就能找到神识中出现过的那片林子。

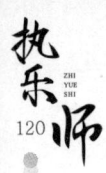

沐榲将她带至鸣玥洲最南端的山中,靠近连绵山脉的结界外围。

白柔目睹过凤岐的死,心有余悸道:"此结界或许不可硬闯。"

却听沐榲将短笛置于唇边,轻轻吹了一支小调。奇的是,小调过后,原本气息肃杀的结界好像变得温柔了一些。

小调终,她又面向山脉行了一礼:"我是沐榲,她是白柔,我们为寻找复兴琅羽的仙器而来。"

光芒一闪,她们面前的结界居然像有灵识一般,自动打开了一道口子。

白柔目瞪口呆,看来沐榲果然是"被选中"的那个人。

两名少女进入结界之后,她们手中的短笛与排箫皆感应到了雁沉的存在!

想来错不了。

二人定定神,便迫不及待向前进发,随着她们渐渐深入,两人各自的乐器嗡鸣声越发响亮,显然她们已离目标越发近了。

山峦之巅,森林最深处竟豁然出现一处极不寻常的被坚冰覆盖的空地。空地中心隆起一个小冰丘,从正面看并无异样,可一旦绕至冰丘后面——

只见冰丘后面不知被谁挖空,形成一个冰封之穴,一架箜篌置于其中,琴身乌红,高贵非常。琴身仙气缭绕,琴弦正径自瑟瑟抖动,与二人手中乐器呼应共鸣。

"一定是雁沉！"白柔低呼，立即探手去取，却在触到前的一瞬被一道异常强大的冰寒之气弹回。

还有一道结界……沐槿一惊，这结界力量比封巍山脉外面的那道还要强大，即使联合二人之力也必不能破。不仅如此，她还感应到空中形成的一道威压正缓缓向二人靠近。

沐槿急忙拉住白柔后撤几步警戒道："什么人？"

随后只见朔风凭空卷起，内中现出了一道高大的兽影。

压迫感扑面而来，两名少女不禁周身戒备。

然而最终出现在她们面前的却只是一名银色长发、琥珀色瞳仁、身材高瘦的凡人模样的男子。

沐槿愣住了。眼前之人的特征，倒与化成人形时的洪连有几分相似。

"封巍山不欢迎外客。"男子看了她们一眼。随后目光还是转到沐槿身上，像是发觉什么似的眉头一皱。电光石火间，她们还没看清男子如何出手，沐槿的喉咙已经被他一只手掐住。

"你体内居然有锁魂钉！从哪儿来的？说！"

"是……是……"沐槿艰难地出声，"是洪连……"

"你认识洪连？"男子一怔，手微微松开了些，白柔看准时机催动排箫之力向他击去，总算逼他松开了手。

沐槿跌在地上，白柔闪身护在她身前。排箫悬在半空，张开防御。

男子看见白柔的排箫，眸中闪过一丝情绪："这是……她

制的仙器。"他收回了外放的气息，探寻的目光笼罩着两位少女，"你们是琅羽弟子？"

七

沐榕起身，让白柔收回了排箫，又朝面前男子行了一礼："我们需要卿袖上仙留于此处的雁沉，助我琅羽复兴。"顿了顿又黯然道，"洪连将锁魂钉给了我，保我魂魄不散。待琅羽结界重塑，我必寻得'共生'之法，将他唤醒。"

男子双手合抱着头，换上了一副戏谑的神情，与先前的威严之感截然不同：

"我们灵兽中的狮族，真是出了一个又一个的傻子啊。"他仿佛在嘲笑洪连，又仿佛在嘲笑自己。

沐榕见他对她们已无敌意，又施了一礼，说道："不知卿袖上仙对于雁沉可曾留下话语交代？"

果然，男子闻言牵起了笑意，指了指箜篌道："她说过，若琅羽门的人来取，拿走便是了。"

啊？

沐榕不禁愣了一下，这么简单？她看着男子提到卿袖上仙时的模样，忍不住想，上仙对于他来说一定很重要——这个念头忽然窜入了她的脑海。

"那我等便愧领了。"她再次向男子施礼道，却并没有自行上前拿取。男子见此，指尖轻弹，只见空中冰屑聚而复散，转瞬之间她方才感应到的冰寒之气便消失得无影无踪。

与此同时,雁沉诸弦齐鸣,发出一声大响,倏而飞起,自行落进了沐樾的怀里。

"它这是挺喜欢你吗?"白柔有些惊讶地看向沐樾。

仙家宝物素来自有灵性,看来还真是如此。

男子催促道:"行了,你们快走吧,我还要赶回九曜洲用何首乌炼丹呢。"

冥冥之中沐樾直觉男子所说的丹药也是为了卿袖上仙而炼,因为只有修仙中或飞升成仙的人类才适合服食丹药。

但这和她并没有关系,雁沉既得,早些赶回去布阵才是第一要务。于是她手扶雁沉,转身向男子低身道谢:"多谢看护之情……"

话音未落,男子已经化为一股朔风,凭空消失了。只余林间传来一阵尾音:

"卿袖啊,只愿你所有付出皆不会白费。"

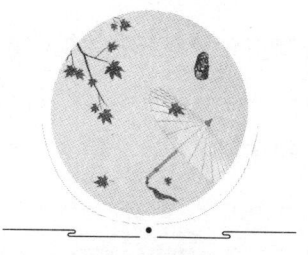

第六回
五音迷阵

一

五音迷阵，是以五件仙器为托，以五位琅羽门人为媒，奏宫商角徵羽五音所化之阵。此阵法记录于琅羽掌门的秘密手札之中，却极少有人注意到手札这页角落，以小字写成的批注：

"若门人有缺，只须五件仙器齐全也可勉力发动，只是此法冒险，必然……"

必然之后的字，不知为何水墨晕开，再也看不真切了，因此就连沐槚也不知阵法一旦启动，将会带来何种后患。

这是五音迷阵的一个谜。

数日之后，琅洲洗心湖畔，四位门人终于相聚。

美艳的女子律莹立即迎上来，伸手就握住了沐槚的手上下打量着:"不过一段时日未见,师妹出落得越发亭亭玉立起来……"她柔弱无骨的手轻轻抚过沐楹的脸,"师弟,你快来看看,她可是与当初你带出来的样子大不相同了?"

一旁打坐的卫如陵缓睁双目,投来一道冷冷的目光,并不接话,只道:"你办事倒快。"

她确实很快完成了约定的事,却为私情耽误许久才回来。

所以卫如陵这话不知道是真心还是嘲讽。

但面对他时,沐楹总是愧疚,只好顾左右而言他:"圣女的灵骨已埋在白灵山灵气最盛之处,必能助她往生,转世为人。"

卫如陵微一点头:"那便速速结阵。我好早日返回夜罗。"

只是此时天色尚早,待得月上中天时五音迷阵效力才能达到顶峰。众人便原地歇息,将气息调理至最佳状态。

沐楹闭目养神之时,手臂突然被人轻轻碰了碰。睁眼瞧见律莹师姐坐在自己身边,身子前倾环抱双膝,目光中有一丝空洞和茫然。

"重建琅羽之后,你有何打算?"

沐楹不料她有此一问。从前她只知谨遵师命,待得门派恢复后便担起掌门之责,为羽翼凋零的琅羽门多招募些有灵气有慧根的弟子。可如今,她只求寻得"共生"典籍,若此法当真能唤醒洪连自然大好,倘若不能,她也将定居白灵山,一生一世陪在他身边。

可这念头，她不知该不该告知律莹。

律莹见她不语，苦涩一笑："卫师弟是绝不肯留下的，白师妹性子难以亲近，你若走了，我又是孑然一身。"

沐楹微微讶异，她竟已洞悉自己内心的念头。

今夜是一轮满月。当明月高悬于天际之时，一名身量轻盈的少女用短笛在湖岸边画出一个五芒星的图样。

而后四位门人执各自乐器分站四角，第五角则由一把箜篌镇守。

沐楹深深吸气，开始启动阵法："编钟，奏宫调！"

律莹柔荑轻扬，掌中铃铛投射出一束光，在空中幻化成一排编钟。低沉小调缓缓奏响，这是一首极其简单的寻常小调，是每个入门的琅羽弟子所习的第一首曲子。

"排箫，奏商调！"

白柔双手握箫，以商调吹奏起相同的乐律。

"琵琶，奏角调！"

卫如陵手指轻弹，怀中琵琶旋即流淌出更为高昂的曲调。

剩下的，沐楹需以一己之力奏响两样乐器。只见她一只手握住短笛置于唇边，另一只手凌空而动，以真气隔空拨动箜篌之弦。

雁沉之上虽然存有卿袖上仙的一抹灵识，但最多也只能镇住一角，若要将灵力尽数发挥出来，自然还是有人操纵最佳。

五音齐发，地上的五芒星光芒乍然，自五角迸射出五道强大的灵气，朝空中集结而去，形成一个硕大的气流旋涡。

只见气旋转动，洗心湖不再平静，湖水翻滚，水流逐渐往两旁退避，露出被淹没许久的琅羽旧址。

下一刻，以琅羽台为中心，水晶结界正在生长，只消半个时辰便能完全将琅羽门包裹，将湖水完全驱逐。

就在众人以为即将大功告成之时，沐榲身子一软，单膝跪地，吐出一口鲜血来。

二

以一人之力驱动两件乐器，即使沐榲在四人中灵力最高，也万万不能全身而退。少女以单膝触地勉强撑着身子继续奏乐，真气源源不绝被箜篌抽出，倘若持续半个时辰，阵法完成的一刻，便是她命绝的一刻。

只是，她不能停。

五音迷阵一旦启动，只可阵法完成自行停止，绝不可人为中断，否则阵中之人必然全部真气逆行致元神爆裂而亡。

原来，这便是五音迷阵之谜。缺少一名弟子，就会有一人牺牲。

其余三人见沐榲状况有异，纷纷投来询问的目光，所奏曲调也略微缓慢下来。

"不能停！"沐榲高呼，"不必管我，此阵必须完成，我若死了，请你们剖我躯体，找出体内灵兽骨钉，将它送去白灵山。请念在同门一场，了我遗愿！"

言罢，她凝神聚气，残存的灵力倾囊而出，将徵调与羽调奏得愈加响亮。

又勉力坚持了一会儿，只余一刻钟便能大功告成，水晶结界已重塑过半，自己到底还是达成了身为沐榿的使命，只是洪连……

她再也没有机会做回洪连所钟爱的落檀了。

就在即将油尽灯枯之时，一道灵气从身侧传来，将她置于箜篌上的气息弹开，接替她继续奏响下一个音符。

沐榿一时惊呆了，不敢置信地侧头看着挥舞双手弹奏两种乐器的律莹。

女子嫣然一笑，那无双容颜在光芒映射下更显倾城倾国。

"卫师弟要守护夜罗，白师妹要继续寻找她的心上人，而你一心牵挂着白灵山。只有我，天下之大，竟无所牵挂。"言语中有一丝怅然，下一秒却又换回轻快的语气，"剖你躯体这种事，我可做不来。"

"不……让我……"沐榿还想重夺对箜篌的掌控，可此时的她仅能顾全手中短笛，再无气力与律莹相争。

时间一分一秒流逝，律莹逐渐站不住了，索性盘腿而坐。鲜血自她七窍流出，身体想必十分难受，可她始终面带微笑，没有一丝恐惧，也无一丝不甘。

终于，律莹双手一画，奏出最后一个音符。

五音迷阵随即停止。五芒星黯淡下来，空中气旋消失，水晶结界重新包裹住了整个琅羽门。

终究，大功告成。

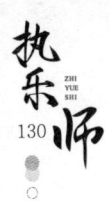

女子缓缓倒在地上。

"律莹师姐!"三个人同时唤她,聚在她身边。

可她的眼光却并不瞧他们,而是望着空无一人的另一边,鲜血染红了脸庞,却仍努力地朝着那片空茫望去。

"我终于……成了和你一样的人。"她朝身边伸出手,对着那一片虚无绽放出微笑,慢慢握紧了什么似的,"一起……去……"

那句话来不及说完,纤细的手腕如一截枯枝般猝然滑落,重重地敲在地上,律莹眼中的光彩消失了,却仍含着绝美的笑容。

一切幻化而出的奇异美景最终归于空寂,倒在地上的美艳女子变成了一个身材矮小、相貌平庸的妇人,青丝中夹杂着缕缕白发,容貌枯槁憔悴,一切皆为幻影,唯独她唇边的笑容是真实的。

沐榀心中哀伤,将一方锦帕覆盖在她脸上。

三

琅羽门中心的建筑称为琅羽台,是唯一与洗心湖岸连接的入口,也唯有琅羽弟子才可穿越水晶结界来到此处。

琅羽门再不复往日繁华,四下静谧,连半点儿人气也无。有的只是……尸首。

被发狂的师父所杀的众多门人的尸首。许是因门内残留着灵气,尸身并无多少腐败。

本就因律莹之死而沉痛的沐榀别过脸去不忍直视,倒是白柔镇定，淡淡道："将他们安葬了吧。"

忙完已是数个时辰之后。

沐榲前往门内的藏书阁寻找记载"共生"之法的古书秘卷，白柔与卫如陵也道要寻某样东西，三人便分开行动。

琅羽门藏书甚为丰富，书目涉猎十洲各类术法秘闻，无奇不有，可偏偏，少女翻来翻去也找不到任何提到"共生"二字的书籍。

莫不是白柔骗她？

不，不会，尚余少部分没有翻过，说不定恰在其中。她揉揉眼睛，正待继续——

耳畔忽然传来隐隐约约的碰击之声，像是有谁在打斗。可琅羽门如今除了他们三人还会有谁？细辨方向，是在琅羽台！

沐榲匆忙前往一探究竟，遥遥只见白柔右手抱着什么物事，而卫如陵飞身去抢，白柔使排箫回身一挡，正撞上卫如陵挥击而来的琵琶，发出一声尖锐刺耳的怪音。

"你们这是做什么？"沐榲又急又惊。

白柔迅速奔向沐榲："他要毁了师父的古琴！"自从琅羽门大劫，师父不知所终，亦不知生死，这古琴便是他遗留下来最为贴身之物，等同于师父的象征，她自然不能任人毁去。

"他不配做我师父！当初答应助你们一臂之力，其一便是为了毁去此琴，彻底了断与他的师徒情分。"卫如陵语有愤恨，失去心爱女子的痛苦在他心中深种，恐怕一生一世也难以根除。

这样的琅羽门，即使重建，又有何意义？

白柔眼看要被追上，大喊一声："接着！"便将手中之琴抛向沐榅。

古琴在空中划出一道圆弧，而后稳稳落入沐榅手中。

这琴身，琴弦，一眼便知皆非凡物，而且……琴中似乎被人封入了莫大的灵力。此时这股灵力正冲撞盘旋，跃跃欲出。

鬼使神差地，少女信手拨动了一根弦。

"叮——"

一声清越琴音，古琴仿佛突然活了过来，紧接着，音符一个接一个自发响起。琴身中随着琴音缓缓升腾起一道光，光浮于空中，渐渐幻化成一个人的模样。

竟然是师父！

三个人被这突如其来的境况惊呆了。

沐榅首先回过神来，刚才翻阅各册典籍时，便瞧见过这种可以将人的影像封入灵力高强的法器之中的秘术。一旦施展此术，不论多少年之后，只要后人激活了法器，先人便可将想说的话亲口告知。

师父的影像仍是温润君子的模样，面含微笑，神态安详。那双眼，有着洞悉世间万物的清明。

"你们来了。"

四

师父缓缓道："师祖创立琅羽门已有千余年，所耗心血，我等后人不能忘却。当年师祖窥探天机，得知琅羽门将遭覆灭之灾，不惜冒天罚而告知于我。因此我提前布局，除了为师祖赐予的三件仙器挑选出适合承袭的弟子外，还找到了师祖所说的跌入琅洲的紫檀仙木，并以仙木之躯融合琉璃魄创造了能够承袭我意志的生命。”

沐楹一愣。

只听师父继续道：“沐楹，那便是你。除此之外，以你的树枝制成的紫檀短笛也恰是仙器之一。或许此时你已恢复前身记忆，那么你必然急切地想获悉‘共生’之法。其实当初你与灵兽缔结契约，而他以锁魂钉保全你的魂魄，因此你们的契约从未终止，直至今时依然存在。你与他，原本就已是‘共生’之躯。只要你日日为他度气，四十九日之后他便会醒来。”

这……竟如此简单？沐楹讶然，却又按捺不住心底洋溢而出的狂喜，朝白柔露出一个明丽的笑容。

“如陵，你是为师选中的承袭讷言之人。给你那枚丹药，若你知晓真相，必定心灰意冷。然而为了挽救先祖的基业，为师纵然愧疚亦不得不为。日后即使你恨我入骨，我却不后悔。”

卫如陵默然不语，面容冷淡，让人看不透悲喜。

律莹……你入我门下，为师除了授予你仙器编钟外，却不曾亲自教习过你什么。今日却能得你施以援手，多谢。

“柔儿，你是为师选中承袭凤箫之人。你、如陵、律莹，你们三人不管过程如何，如今既然能助琅羽重塑结界，想必已

成功令仙器觉醒。为师，果然没有看错人。"

师父说到此处，黯然一叹，徐徐道："我却不曾料到，为琅羽带来大祸的根由，竟然是我的情劫。"

白柔震惊不已，心神大乱！原来凤岐说得没错，琅羽之难，竟真的是由师父引起！

"柔儿，你定然心系我生死。放心，为师还活着，只是此时被困在某处，依旧受情劫束缚，须待我凭自身之力挣脱，才得重见天日。"

听到此处，三人又是一阵愕然。师父竟然……尚在人世！

"只是你们人力不足，勉强发动此阵必然会有一人牺牲，为师不知是谁。但无论是谁……"他慨叹一声，轻轻合了目，"都是为师不愿见到的。"

人影略微停顿，才接道：经此一事，你们或许不愿再为琅羽弟子……罢了，若今后有意与我琅羽门决裂，便将你们手中仙器留在琅羽台吧。如此，你们便再不是我门下弟子。

"去追寻你们各自的人生吧。"

师父的影像在说出这句话后，彻彻底底消散在了空气中，无论沐榆如何拨动琴弦，也再感受不到琴身中那股灵力。

琅羽台重归寂静。三人静默仁立良久，谁也开不了口说第一句话。

卫如陵放下手中琵琶，定定注视着沐榆："我希望，能每年去白灵山拜祭她。"

见沐榆轻轻点头，他便拂袖而去，永远地离开了琅羽门。

只余两名少女。

沐樨将怀中短笛和属于卿袖上仙的箜篌放在地上，试探着问道："你……是去是留？"她见白柔对师父感情颇深，本以为她会留在门中静候师父归来。

岂料白柔亦是干脆地放下排箫和律莹的编钟铃铛。

一直以来，她心中存有两件心事，师父的生死是其中之一，如今既已有了答案，那么她便可心无旁骛地去完成另一件。她会继续游走天涯，去寻觅那个或许已经飞升，又或许根本没有飞升；或许还在人世，又或许早已灰飞烟灭的男子。

但无论如何，他不管去了哪里，都已永久烙在她心上。

纵然上穷碧落下黄泉，她也必然会寻出将他找出的法子，纵然他已经变了容貌，即使他已经不再记得她。

"走吧。"白柔微微舒了一口气，回头看向沐樨，朝她伸出了手。

沐樨莞尔，攥紧对方伸来的雪白小手，两名少女头也不回地离开了。

琅羽台空空荡荡，再无人声。几件乐器静静等待着它们未来的新主人，不知，还会谱写怎样的篇章？

五

许大娘家的田地到了耕种季节，用于耕田的牛却不巧病了。

住在她家中的少女自告奋勇去为她搜罗新的劳力，可村中

各家都有大量农活要干,谁会把牛借给她?这不,人已去了个把时辰还未归来,想必是碰了钉子。

正颓丧叹气时,一名少女笑吟吟地推开门进了屋,而她身后,跟着一头身形健壮、通体雪白的雄狮!

许大娘吓得忙将头蒙在被子里,听见一道男声:"我堂堂一山之主,怎可为凡人耕地?"奇怪,是谁的声音,屋里并没有男人呀。

少女假意嗔怒:"瞧,你吓着大娘了!走走走,趁早耕完算是赔罪。"便揪着白狮离开了。

许大娘这时灵光一闪,白色雄狮,莫非是村人口口相传、曾对村子有救命之恩的白灵山主?这样一想便不再怕了,她在屋里思量再三,决定找少女问个明白。

于是赶往村后属于她的那片耕地,只是少女与狮子已不知又去了哪里。而她的地——

自然是全耕好了。

(全文完)

引之于山,兽不能走。
吹之于水,鱼不能游。
方知此艺不可有,人间万事凭双手,
若何为我再三弹,送却花前一樽酒。

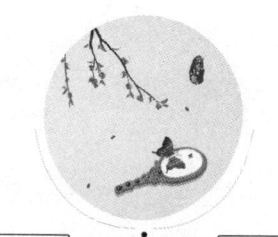

小剧场——
龙悦君兮

一

渊珠拜在琅羽门下纯属是造化弄人。初次见面,那个后来被自己叫师叔的男子握着匕首就要切开她的咽喉,她那时双目充血,就要跟对方拼个鱼死网破,是泽生,他夺下师叔的凶器,朝她轻轻摇头。

对了,已是羽人的他们当时处在深潭水下,虽然羽人可以在水下呼吸自如,但从对方的表情来看似乎已经承受不起再多的深水重压,在这里动起手来的话,也太不把她这护潭神龙放在眼里了,潜水来抢她的宝珠还要杀龙灭口,这是什么强盗理论?

泽生看起来就温和多了,他指了指嘴唇,渊珠便会意,吐出一个巨大的泡泡出来,用法力压着,不让泡泡碎散,一龙一人于是在这气泡中开始会谈。

"我师弟性子急躁,冒犯神龙之处,还请海涵。"泽生的语气十分客气,说话时微微翘起嘴角,恰到好处的弧度,谦谦君子的气质尽显。

"已经冒犯了。"渊珠翻了个白眼道,"抢我的珠子干吗用?"

"琅洲有水患,借你神珠以作定水之用。"

渊珠哼了一声:"琅洲距我昙洲远矣,与我何干?"

"龙女有何要求但讲无妨。"他轻轻笑了,温润的眼神似乎能洞悉一切。

龙的思路简单直接,她毫不犹豫地说道:"我已修行百年,可就是修不成人形,若你能助我,这珠子我可以送你。"

"好。"

就这样达成约定,渊珠正在高兴,听见对方又幽幽说道:"除此之外,可以烦请龙女载我们上岸吗?之前潜水太久,力气……用光了。"

啧啧,羽人就是羽人,比仙人终究是差一些。她驮了两人,甩甩尾巴就朝着水面上的阳光而去。

破水而出,光芒万丈,一条白得炫目的蛟龙飞在九天之上,每一枚鳞片都如同羊脂玉一般,摆摆尾巴的工夫,他们就已经飞到了琅洲。

泽生果然守信,平定水患之后就将宝珠奉还,渊珠却不以为意:"说好了送你,若你不能助我变成人样,再收回也不迟。"

那时的琅羽门还在山洞之中,掩映着葱绿灌木,当时的掌门是一位风华绝代的女子,她已经修成仙体,决意在三位候选人之中挑出继承衣钵者,这次平息水患,也是试炼之一。

掌门看着一袭青衫的泽生和他身后顺从夺目的白龙,眼中有赏识之色,她取出象征掌门之位的古琴,颔首道:"泽生,三次试炼你都脱颖而出,这掌门之位……"

不等泽生开口,和他同行入潭的师弟忽然冷冷地说话了:"泽生的品性,师父果真看清了吗?"

"师弟,泽生品性有何问题?"身边的大师兄责问道。

被这么一问,师弟反而不说话了,只是冷笑着看了泽生一

眼。

泽生微微垂下头,额发遮住了狭长的双眸:"师父,此事还请再斟酌,师弟他能力在我之上,掌门之位……"

掌门摆手止住他接下来的话:"不必多言,为师自有计较。"

三天后,泽生便接到了掌门信物古琴。

那琴颜色古旧,只有修炼之人才能看出琴身发出的莹莹光芒,这是琅羽镇门之宝,历代掌门都倚靠它修炼获得强大的力量,可被传掌门之位的这天,泽生似乎并不高兴。

渊珠不解:"你有如此厉害的乐器,为何还闷闷不乐?"

他朝她看过来:"这世上,我没有只属于我的乐器。"

"这有何难。"渊珠拔下身上的一片鳞,圆润光滑,皎洁如月。

她递给他:"吹一下试试。"

泽生接过,忍俊不禁:"这也太草率了些。"

"吹吹试试嘛!"

"改天吧……"

那天,渊珠被泽生幻化成人形,头上还顶着一对犄角,她感激他的出手相助,跪在他面前,拜他做了师父。

她是他门下第一位弟子。

二

琅羽门位于洗心湖底,师祖设下结界隔绝了湖水,站在琅羽台上，仰头便可看见湖水粼粼，鱼虾在头顶游来游去，在地上留下道道悠闲的影子。

渊珠从心底佩服师父的能力，随着时间的流逝，师父门下弟子越来越多，琅羽果然壮大起来，只是她，一直消不去头顶那一对犄角。

她问师父为什么，师父笑了笑："你没有人的七情六欲。"

她不服气："我有啊。"

师父摇头："若有，你怎能还如此快乐？"

她明明是这样爱慕着师父啊，她欢喜他的俊逸，欢喜他的温柔，欢喜他那一身绝世绝尘的仙气。

可门中暗恋师父的女弟子何其多，不说别人，就说最近刚收的白柔吧，和她的本体一般通体雪白，每次看见师父，白柔脸上的红晕一直蔓延到脖子根。

喜欢师父的人这样多，师父到底最中意谁呢？不过转念想想，师父怎会有喜欢的人呢，他是即将登仙的羽人，断绝了凡人情欲，心中又怎能有儿女私情？

那天之前，她一直是这样以为的，直到那日，她第一次见到他的疯狂。

那日，她寻遍琅羽也没有找到师父，觉得无趣便出了湖水去玩，在不远的密林之中，忽然听得一声巨响。

惊心动魄的破碎声充斥双耳，她慌忙赶到时，却看见师父站在一片疮痍之中，挺拔的身影立在那废墟之上，十分引人注

目。

他身边十丈内的树林全都震得粉碎,地上有血色浸染,三个人倒在地上,已经气绝,而师父的双手上,满是血迹。

他听见身后的声音,忽然转身,伸出手就朝她冲过来,带着血腥气的手紧紧扼住了她的喉咙,她艰难地唤道:"师父……"

那双充血的眸子忽然暗淡下去,在变成深邃漆黑的眼眸时,师父手上的力量也撤了下来。

"渊珠。"师父踉跄着后退几步,眼神中有茫然的惶恐,"我竟然……想要杀了你……"

"师父。"看见他那双眼睛,她的心忽然没来由地抽痛起来,不知哪来的勇气让她抓住了他满是鲜血的手,"师父,我……"

"渊珠。"师父轻声说道,"这个给你。"

在她触到师父手心的时候察觉他握着一枚玉玦,微凉、坚硬,仿佛里面有水在流淌。师父顺势将玉玦交到她手上:

"用这个闭关修炼,你就可以修成人形了。"

三

那是一枚血红的玉,周身流转着灵力。渊珠回到自己曾栖身的深潭,以灵力驱动,按照师父曾经教导过的口诀修炼,师父说,闭关修炼,最要紧的就是心无旁骛,空无一物才能进阶,平日里这些她都能做到,可这时,她偏偏静不下心来。

她满心里想着的，都是师父。

她想起初见师父时的俊逸，心底满是温柔；想起师父癫狂时的可怕，心里满是怜惜。她根本无法修炼下去，短短十年的光阴对于已经活了百年的她而言，好像有一万年那么久。

她再也不想等下去，她马上就要见到师父，她要亲口对他说出自己的心意。

再回到琅羽的时候，是她最后一次见到师父，最后一次，见到癫狂的师父。

师父屠戮了自己的门人，她无法阻挡，被师父奏起的乐音穿透了琵琶骨，她到此时才知道，她自以为强大的百年灵力在师父面前，竟然卑微得全无还手之力。

师父身体里蕴藏着某种未知的力量，他压制住她的法力，令她连化作本体逃跑的力量都没有。

"师父……"这一次，他对她的呼唤置若罔闻，又一道灵力的音律破空而来，穿透了她的胸口，汩汩的血流淌出来，一枚玉玦撞击在地上，发出清脆的响声。

师父一怔，双目恢复清明，他看到满地惨景，竟然一时间回不过神来。

她想把玉玦还给他，颤抖的手抬到半空，玉玦却又"当"地掉在了地上。

这一声让他彻底清醒，师父抱住她的身体，在她耳边低语："渊珠，我这就救你。"

说着，他吹动唇边一片银白色的东西，琅羽台上的宝珠微

微颤动,忽然"哗啦"一声,宝珠笔直地朝他们飞来。

师父将宝珠定在她胸口止住了血,与此同时,湖水从琅羽台上的缺口倾泻而下。

幸好这大水被师伯以乐器封住,渊珠又捡起沾染血的玉玦递给他:"还给你……"

"这是送你的。"他笑了。

她看到他指尖夹着的龙鳞被他悄悄捏得粉碎。他用她的龙鳞为乐器,她本应高兴,只是想不到这一次使用,竟然死了这么多人。

恢复神志的师父甘愿接受乐执令的惩罚,依照门规,背叛师门、堕入情劫、屠戮同门要夺其乐艺、除其元神、诛其身,白柔向来最听师父的话,当她问师父情劫根源时,师父却说:"她的罪责,我愿一并承担。"

渊珠疯了似的推开白柔:"师父犯下的过错,我愿以身代之!"

肩膀上有一点温暖的沉重,是师父按住了她,他对她笑了:"傻丫头,我的罪孽,与你何干?"

与你何干?

这句话让她心中一震,五味杂陈的苦楚自心底不断地冒出来,师父深藏心底的那个人不是她,这个真相让她痛苦万分,却又无比嫉妒那个她一无所知的女子。

她到底是谁?她有什么好?好到让他如此袒护,深藏心底,无人知晓。

白柔行刑时,泪水流个不停,而师父,却始终表情坚毅,一声不吭。

行刑完毕,结界也终于撑到尽头,湖水汹涌漫灌进来,跪在祖师牌位前的师父被卷入漩涡,没有半点儿法力的他此时只是个身受重伤的凡人,如浪潮中飘摇的水草,他的胸口要害处被白柔刺穿,血色不断地被大水冲淡,好像他被慢慢夺走的生命。

渊珠化作本体,用身体将他圈住,吐出泡泡为他腾出呼吸空间,将灵力注入他身体里为他延续性命。

她安静地盘在他身边,慢慢吐尽她修炼了一百余年的灵力。她的力量几近衰竭,头慢慢地垂下来,躺在他的怀里,合上双眼。

师父好像睡着了一样,那么她,也陪他一起沉沉睡去吧。纵然,他心中没有她。

说不定哪天醒来后,她又能看见温润如玉的师父站在面前对她笑,那时,她愿载他乘风破浪,扶摇九天之上,飞升九曜,看尽十洲风景。

即便那只是她永远逃不出的美梦。

四

想不到竟然会被风隐师弟吵醒。睁开眼睛就看见被风隐救活的白柔又吵闹着要投河,风隐抱怨道:"刚救回一个,又一个要寻死!"

后来得知,清点人数的时候发现少了大师姐,风隐师弟特意潜入水下,把她的本体捞出来可真不是一件易事。

他救她的时候,师父已经不在那里。生不见人,死不见尸。

她怅然若失,呆呆地盯着水面发愣,却听见已被风隐洗去记忆的白柔的声音:

"师姐,你头上的龙角怎么不见了?"

她伸手碰触,只有青丝如瀑。她已经彻底修成人形,到今时今日,她终于明白了凡人的七情六欲,以及那些说不出的苦——怨憎会,求不得,爱别离。

那天之后,她又回到了自己的深潭,那是他们初见的地方,她想,如果他还活着,一定会来这里找她。

她要等到他,想跟他说,自己已经明白了凡人恋慕的痛苦,以及幸福。

还有那一句一直不曾说出的——

我欢喜你。

小剧场二
艳倾天下

她倾了这国家这天下,却唯独,惑不得他。

一

煜洲,王都槐城,永麟宫中歌舞升平,靡靡之音与碰杯之响交融一处,不时传来阵阵男子的嬉笑声。

是,男子的嬉笑声。

这永麟宫内,只有几个年老的嬷嬷,其余全都是年轻俊俏的男子。几个男子衣着暴露地在宫内奔来跑去,层层红绡帷幕之中,一个红衣女子蒙着眼睛娇笑,忽而抓住一个男子,两个人便"咯咯"地笑成一团。

女子拿下蒙布,一张脸上,却寡淡得没什么笑意。

"陛下?"男子略惶恐地跪下,俯下身子,额头贴在雕琢精美的汉白玉石砖上,不敢看她。

"没什么,只是有些倦了。"她仰面躺在柔软的炼羽毯上,丝丝缕缕的暖意透过柔软的绒毛传入体内,"你们退下吧。"

一干人等惴惴地走了个精光,偌大的宫内泛着孤寂的冷意,身下这炼羽毯,是取生长在熔岩洞穴中的炼羽蝙蝠的绒毛织成,这么大一条毯子,足足取了一十只珍贵的炼羽蝙蝠,方才织成,冬季温暖,夏季清凉。哪怕一条小小的炼羽帕子,在市上,也是出百两黄金,仍是有市无价。

单单这一条她躺卧的毯子,便价值连城。

她一个人躺在这寝宫之中,眼睛看着屋顶精美的图画,却没有一幅图真正入了她的眼。

不知不觉，已有十年了。

十年了，她在少女时期未曾想过，此生此世，竟然可以入主王都，成为这十洲王朝的主人，即便这十洲上零散分布着多个政权，诸侯割据，但她，仍然是这国家名义上的帝王。

九音鸟与麒麟所创王朝延续千年，她是这千年王朝中，第一位权倾天下的女帝。

朝上群臣也好，殷勤面首也罢，他们都只称她为陛下——陛下万岁，万万岁。

很多年没有人叫她的名字，这些年来，她几乎都忘记了自己叫什么，忘记了自己曾经是什么样的人。

然而，这一天，直到她又遇见了他——

那个，她以为，永远也不会再遇见的人。

二

这天，本是殿试的日子。三位进士是这次科举的佼佼者，本来在她这里，殿试不过是走个形式罢了，但这三人之首的状元郎，眉眼之间却依稀有故人模样。

剑眉入鬓，淡漠无波、无欲无求的一双眼，唇角总是微微挑起一丝难以察觉的弧度，一副轻视讥讽的表情。

她看到他的那一刻，眼前空寂了片刻，不由得愣了一下："你叫什么名字？"

对方似乎是微微笑了，那双淡漠的眼中难得地闪起一丝亮光:"回禀陛下,微臣,凌子衣。"

凌子衣?

十年的光阴如一幅巨大的画卷在眼前倏然而过,她的思绪随着一匹白驹奔跑进罅隙,透过那光影错综的罅隙,她恍然间窥到了一丝本该被忘记的回忆——

"凌子衣?很好。"她笑了起来,"很好,很好。"

她一连说了三个"很好",笑容好像一朵花般在大殿之中绽放。

"朕钦点你为近身侍郎,即日入主永麟宫!"她忽然站起身来,面带笑意地指着其他二人对老丞相说:"其他二人随便赐个五品的官职,退朝!"

此话一出,殿上群臣面面相觑。这位女帝的近身侍郎,就是宫廷近侍,每日贴身跟随陛下,有求必应,形影不离,名为侍郎,实为面首。

虽然这位女帝一向任性妄为,骄奢淫逸,但将状元郎收入面首这事儿,也太过暴殄天物。

殿上群臣愣了片刻,然后山呼:"恭喜陛下——"

表面上都在道喜,心中却都在想一句:可惜。

凌子衣脸上并没有什么意外的表情,仍是一如既往地带着点儿不食人间烟火的倨傲,他整了整衣冠,向她郑重地行了个礼:"谢主隆恩。"

她轻轻地牵了他的手,二人携手款款走入内宫,一边走,她一边含着笑意在他耳边低语:

"好不容易考了科举的状元,本想平步青云封爵荫子,却不想进了后宫。很难过吧?"

他任她握着自己的手,轻轻地回握住她:"没有。蒙陛下垂爱,臣受宠若惊。"

一代风流女帝笑得花枝乱颤:"别诓我了。想不到这些年不见,一向迂腐的你,竟然也如此世故圆滑。"

他微微蹙了眉头:"你知我从不假辞色,亦不屑讨好任何人。"

她与他十指相扣,走进重重红绡的深宫,一路上雕梁画栋,亭台楼阁,两个人从森然宫殿走进暧昧内宫,这一路,好像走了十年。

十年光阴流水而过,恍然间,她又回到了当年。

三

知餍阁在十洲之中的昙洲,是临海而建的一幢楼阁,知餍阁的弟子不过寥寥几十人,有时在海边练习,幻化出亭台楼阁城市人群,往来船只见了,都以为是神明显灵,纷纷跪拜,久而久之,此处便被世人称为"圣地",被认为是仅次于九曜洲的修仙所在。

阁主是一位面覆黄金面具的男子,没人知道他的名字,大家都称呼他为"餍主",餍主是一众弟子的师父,他教他们吐餍制幻,化人化兽化物化景,师父说,幻化万物之术并非知餍阁的绝技,幻化出人心之向往,才是本领。

寻常幻境,轻易即可被识破,但那情景若是人心底的欲望呢?没人能逃得脱。甚至有的痴人明知那是幻境,却也心甘情愿地散尽全部家财,只为在幻境中度过余生。

她是知魇阁中最寻常的弟子,她是经历过饥荒的孤儿,品尝过人世间最痛苦的离别,她拜在知魇阁的唯一目的,就是要此生此世,尝一尝荣华富贵的滋味。

她对于自己心底的贪欲丝毫不加掩饰,师父曾经说过,她是众多弟子中资质上佳者之一,但是,正因为她心底的贪欲执念,她注定此生此世不能进阶为羽人,也不能羽化登仙飞升九曜。

她不在意,她一心一意地学习织魇之法,她能够洞悉人心底隐秘难言的欲望,能幻化出另一个虚幻人形去掌握对方的一举一动,最后达成操控人心的目的。

她只能幻化世间各色人物,其他的魇化本领一概不会,但这就足够了。

师父认可她的本事,甚至让她充当新晋师弟师妹们的基础功底的引路人,她也教得尽心尽力,平日演练之中,难免将人心看得太透,将师弟师妹的心上人显露在人前,引得当事人窘迫难当,外人生怕被她看透心中所想,久而久之,她身边再没一个知心体己的人。

凌子衣算是唯一的例外。他晚她入阁,她曾教导过他入门之法,在与他切磋的时候,她幻化出一个美丽的女人,众目睽睽之下,凌子衣眼圈红了,眼泪决堤而出,颤声唤道:

"娘。"

后来她才从其他门人口中得知，凌子衣幼年时亲眼见到匪徒杀死双亲，成了他一生的痛。

她本不想幻化出他母亲的模样，但她细细审视过他内心之后，根本没有发现他有任何心上之人，除了亲人，他不曾爱过任何人。

如此甚好。她不必做出令他尴尬的举动，他也不惧她看穿自己心底的欲望，久而久之，两个人竟然成了阁中最要好的朋友。

亲密无间，无话不谈。

阁中难得有与她谈得来的弟子，师父便派他们二人完成雇主要求的任务，即取得一件雇主被魔族抢去的宝物——水天盏。

魔族之人性格残暴，雇用妖鬼镇守水天盏所在的高塔，她可以拟态魔族却无法迷惑妖鬼，但凌子衣擅长幻化妖魔之形态弥补她的缺陷，二人结伴而行，宝塔七层，连着六层的守卫或是妖鬼或是魔族，一路幻化偷袭倒也如履平地，最后却在第七层遇上了桎梏。

第七层，根本就没有任何生命存在。一道简单的结界淡淡地流转着，罩着那波光旖旎的水天盏，这道结界，才是最凶狠之物。

它无法被迷惑，没有任何破绽，想要通过它的唯一办法，就是——

失去生命。

纵然他们将昏迷的妖鬼守卫扔进去也丝毫无法破坏结界,想要通过结界,必须是死物才可以。

知魇阁接下的任务必须完成,不计代价,不计后果,这也是知魇阁屹立十洲备受敬重的缘由之一。

这项任务,必须完成。她咬牙看着身边眉目坚毅的师弟,按住他的肩膀,低语一声:

"我来。"

四

深宫内院,永麟宫总是欢声笑语。

凌子衣在宫内住得很是习惯,每天早上他看着她的幻影去上朝,本尊却躲在寝宫里呼呼大睡,用膳的时候她是不假借幻影的,她本尊吃得心无旁骛,另一边,她的幻影与几个男宠玩得不亦乐乎。

"师姐你这些年游戏人间,似是十分快活呢。"他微微笑了一下,面露讥讽地看着她。

"是。又怎样?"她慢条斯理地啜饮着手边的香茶,名为"万一",意为万中取一,这茶是鹭洲特产,一万棵茶树中,百万枚叶片中,只能得到这一两香茶。

这每片茶叶,都是万中挑一的珍品。

其实,对她而言,万中挑一的,又何止这一盏香茶呢?

这皇宫的每一砖,每一瓦;她身上的每一针,每一线;她把玩的每件器具，每个珍宝；她吃的每道珍馐，饮的每一滴水；这皇宫里的每一个人……

没有一样，不是万中选一的极品。

可纵然如此，她却仍然没有感觉到内心的满足。十年了，她幻化成各色女子，取得各种男子的宠爱，她一步步踏着男人向上爬，一直到了这顶峰琼宫，却没有一个人，能够走进她的内心。

即便她艳倾天下，这些年来，她仍是处子之身。她一向认为，男欢女爱需要两情相悦，而她看透了各色人等心底的欲望，却看不清自己心中所爱。

十年了，她没有爱过任何人。

十年了，她不曾全身心投入过一场轰轰烈烈的爱情。

凌子衣看透了她，微微一笑："师姐，这十年光阴，我看你是虚度了呢。"

这人自小说话就不招人待见，隔了十年，他还是一点儿长进都没有。

十年，那次盗取水天盏的险境仍历历在目，她一手覆在胸口上，心脏仍在跳动。

她并没有死。只是……

"师姐享尽世间繁华，可还有什么未了心愿？"凌子衣一袭纱衣站在她面前，衣袂飘飞，翩然潇洒，恍然是九曜洲上飞下来的仙人。

"没有。"她眯起眼睛看他，"即便教我死在这里，也没

什么遗憾了。"

凌子衣忽然笑了:"明日早朝,我与你一起,可好?"

她觉得,要来的,迟早都要来。

当年那般,不知是她欠了他,抑或是他欠了她。

十年前,她本该就死了的。所以今日这一切,即便放弃,也没什么可惜,不是吗?

但为何……心中竟然有一丝遗憾不舍?

当年二人闲聊,她曾取笑过他:

"师弟,你是不是有什么问题,为何不能有常人的爱慕之心呢?"

他白她一眼:"要你管。师父都不管这么多。"

她轻叹一声:"你我亲厚,日后你若有了心上人,我不点破便是。"

他看了她一眼,眉宇间似乎有一阵春风拂过,他轻挑嘴角笑了:

"师姐,我已有心上人,你竟然看不出来?"

她不由得一怔。

那时,心底第一次有了不确定的惶恐。

五

她看不透他,看不出他的心上人是谁,或许应了那一句——只缘身在此山中。

在凌子衣对她说出有心上人那番话的时候,她心底一沉,暗道一句：不好。

凌子衣或许是世上唯一不受她魅惑的男人，不知道是不是因为这个，她发觉这个人的特别之处的时候，便已经对他心生好感，渐渐泥潭深陷，不能自拔。

她的心上人，已有心上人了，最糟的是，她关心则乱，根本看不出他的心上人是谁。其实她十分庆幸自己看不出来，这样心中还可以抱有一丝自欺欺人的期待：若他的心上人正是她，那岂不是两情相悦？

可这世上哪有这么两全其美的事情。

比如今时今日，凌子衣两袖清风地站在朝堂之上，不过轻盈地挥了挥手，轻而易举地便卸去她的全部幻术伪装。

她的真面目一时间大白于朝廷之上，众臣子个个神情惶恐，指着她大喊："何方妖女胆大包天冒充陛下！还不速速受死？"

殿上大乱，人群潮水般涌入，她漠然地看着下面各色人等的丰富表情，好像在看一场事不关己的闹剧。

这种事，十年间发生太多，人心，十年间她见了太多，一场闹剧的终结，总要有人牺牲。

一阵风起，她忽然被他抱在怀中腾空数丈，在无数人惊呼声之中，他已经带她飞了出去。

他把她安置在郊野的一处茅草屋中，他燃了一盏檀香，沏好了香茶，抚琴一曲，微微笑着看她。

她忽然又记起了从前，从前他也是喜欢抚琴，深得阁中众

人喜爱。

子衣天资不错,师父十分喜欢他,最近也让他给师弟师妹们讲些入门的功夫,师父更有意提拔他为羽人候选,让他摒弃杂念清修,假以时日,便可羽化登仙飞升九曜神洲。

他也十分努力,每天都和师弟师妹们一起修炼,对她也渐渐疏远,两人曾经无话不谈,而今时今日,却连打个照面都难。

若说忙,想见一面有何难?她三番五次寻他一起饮茶,他都只以一个"忙"字推托,这番推了她的茶局,那番她便看见他和小师妹把酒抚琴,相谈甚欢。

再这么追着跑,怕也只是自讨没趣,她无心争夺他的羽人之位,也不想成仙,她在这知魇阁学得不少本事,是时候出去闯荡一番了。

只是临行之前,她想要他一句话。

她几次约他,他都只推托无暇相见,她说只需一句话的工夫,可他不听她说完便走开了,终于一次她在他和小师妹抚琴的时候揪住他:"只需片刻,这片刻后,我再不烦你。"

若是现在,十年之后的现在,她断不会揪住他,非要对他说出那句话。

"师姐,"凌子衣在她面前抚罢一曲,修长十指放在跪坐的膝盖上,"想什么呢?"

她回了神,忍不住拉回刚才飘忽回忆的思绪:"没什么。"

凌子衣笑了笑，将琴桌推开，一双漂亮的眼睛直直地看着她："这首曲子让我想起从前的日子了。"

"嗯。"

"师姐，我记得，那时你说过，你喜欢我。"

她捂住脸，越发后悔了。

六

退避三舍，逃之夭夭。

她这辈子从来没有这么丢脸过。她这辈子从来没有这么后悔过。她这辈子从来没有……如此想杀人灭口过。

"师姐，总算找到你了。"凌子衣施施然地揭开桌布，"原来你藏在这里。"

她有些窘迫地从桌下爬出来："我见桌下脏了，就进来擦擦。"

他紧紧攥住了她的手，表情中竟有一丝哀伤："师姐，你我小叙一番如何？"

她竟然拒绝不了。十年了，本以为将这人已经深忘浩瀚烟水中，本以为心绪再不会为他起波澜，但此时此刻，她的一颗心竟然跳得飞快，一池秋水澎湃汹涌，天地颠覆。

他和她对坐于茶桌两边，她低着头看着茶杯中的喜花悄然湮灭，露出杯底清晰的茶梗。

"想起当年那些日子，知餍阁内，我与师姐最为交好。师姐那年不辞而别，让我黯然神伤了好一阵子。"他轻声说道。

她叹息一声："我贪图世间荣华富贵，注定不能如你这般称为羽人。"

"师姐，我十年前是师父选定的羽人，而到如今——"他似是苦笑一声，"我依然是羽人。"

"所以……你才想考取功名？你是要放弃成仙了吗？"

"我不曾放弃。"凌子衣忽然握住了她的手，"师姐，你要不要和我一起修炼成仙？"

"别笑我了，你知道，我又不是羽人。"她自嘲一声，却没有甩开他的手。

羽人是师父亲自选拔出来的，每位羽人要有出类拔萃的灵力和坚定的求仙之心，但凡羽人都有隆重的授予仪式，师父会将象征羽人身份的灵犀簪佩在羽人候选者头上，之后，候选者额头一点图案点亮再熄灭，便正式成为羽人，今后更要刻苦修炼，一心升仙。

她没有灵犀簪，额头永远不会出现点亮的图案，不是羽人，自然不可能有修炼成仙的下一步。

"师姐，你是羽人。"他握紧她的手，说道。

七

她是羽人。

她忽然记起十年前偷盗水天盏的事情，那时她强行通过结界身死，弥留之际以幻术化出人形拿到宝物，取出后踉跄倒地，匍匐地递给结界外的他之后，幻象便倏然化作光芒点点消散了。

她的尸体倒在结界外，凌子衣将水天盏收起，然后用自己一半的命力注入她身体之中，硬是将她唤醒了。

那时她只知道自己没有死，但并不知道因为他身体中上佳的灵力，让她也一并成了羽人之躯。

原来他们是同根而生的两朵并蒂莲花。

他握起她的手："十年了，师姐的幻术灵力有增无减，如今才到瓶颈，正需一个羽化登仙的劫难便可飞升，若你不是羽人，根本无力迷惑这一国的人。"

她忽而愣住——之前她并没有对此想过太多，也猜测过是不是因为凌子衣的体质而让自己功力大增，如今一看子衣所言不虚，这些年来，她的力量有增无减，这也让她一直迷惑不解，一般而言，脱离知餍阁后，大多弟子的力量会渐渐消弭，而她的力量反有越来越强之势，从此看来，她好像确实……是羽人不假。

从前她只能迷惑一人，然后渐渐两人、三人、四人……最后在所有人眼中，她都是另外一副模样的存在，所有人都对她神魂颠倒，五体投地，她能魅惑这天下之人，她能欺世盗国权倾朝野，可她……却瞒不过凌子衣的眼睛。

十年了，她始终无法迷惑他，始终无法看清他心中所想。

"师姐，你我一起飞升九曜，从此……"他看着她，目光中满是专注，"做一对神仙眷侣，逍遥天地，可好？"

"什么？"她听到他刚刚说的话，以为自己听错了。

他叹息一声，扶住她的肩膀，脸轻轻靠近——

炽热的唇瓣抵住了她的。

心神一恍，额头有火热如岩浆燃烧一般，而她的灵力好像被什么抽走了——

"子……衣……"她无力地低喃道。

她……还是爱他。这么多年了，她仍然在心里……卑微而胆怯地爱着他。

她不想让他犯险，宁愿自己身死也要保他周全，而他救了自己一命，这条命还他，也是应该的。

力量渐渐被抽走，她很清楚凌子衣在做什么，刚才他说的那番话都是骗她的，说什么一起做神仙眷侣，那根本就不可能，成了仙，自然要断绝七情六欲。

他要她的力量，她这十年来修炼所长的灵力，都要归他所有，想来他最近是要飞升渡劫，若不得到强大的力量，恐怕是过不了这一难。

"你在做什么？"

一声断喝之后，她的身体被狠狠推开——

她从迷蒙中睁开眼，看到以手背抵在自己嘴唇上的凌子衣，以及——他身畔的师父。

师父。他怎么来了？

"你这师弟早已不是当年的他！你何必还要助他？"师父脸色阴沉，山雨欲来风满楼。

"师父……子衣才是知厣阁的希望。"她无力地申辩道，身体瘫软在地。

师父面色阴沉，一头黑发散乱风中："凌子衣犯了阁规，以禁术夺师弟师妹灵力，早已被我逐出知魇阁！多少人惨死在他手下，你可知道？他来这里只为夺取你的灵力，你的死活他根本不在意，你可知道？"

"嗯。我这力量，本来也是他的，纵然是死……"她看了凌子衣一眼，"也心甘情愿。"

霎时间，她好像看见凌子衣眼中闪烁的泪光，然而也只是错觉似的一刹那，他的表情仍是万年不变的阴沉似水，云淡风轻得好像不食人间烟火。

"师姐，你我是并蒂莲，你我之间，只能有一人成仙。"他微微笑了，唇角挑起一丝残忍的弧度，"而现在，即便是师父，也奈何不得我了。"

说着，他轻轻摆了摆手，忽然一柄剑凭空飞来，瞬间刺穿了师父的胸膛。

一切都来得太快，她眼睁睁地看着尊敬的师父在自己面前慢慢倒下——

"快……记起……你是谁……就赢了……"师父嘴角溢出血丝，瞪着眼睛，不甘地倒下。

一阵风过，桃花飞落，零落的花瓣卷起鲜红的血，黏滞满地。

"师姐，别急，下一个，就是你了。"凌子衣言笑晏晏地朝她走来，步步生莲，莲绽血光。

八

她不记得自己是谁了。

是的,她幻化过如此之多的人物,她曾是青楼名妓,她曾是富商独女,她曾是千金小姐,她曾是受宠皇妃,她成了一代女帝,但她,已经忘了自己是谁。

她不记得自己的名字,她所用过成百上千的名字都历历在目,却唯独忘了自己的。

名字……不过是她破劫的一个表象,她要记起那名字,就是要记起初心,了解内心深处的自己。想不到窥探其他人心思如此简单,但轮到自己时,竟这样难。

"怎么了,师姐?"凌子衣站在她面前,倨傲地以剑抵着她的下巴,拖出一道血痕,"你真的忘了自己的名字?"

"我……我……"她竟然无法讲出完整的句子来。

"杀了师父,你难过吗?"他忽然哈哈大笑起来,"师姐,羽人不是应该断七情绝六欲吗?"

"师父……待我恩重如山,你……你怎么能……"她哽咽起来,以手抓住他的剑锋,鲜血流淌下来,如蜿蜒的小溪。

"他挡了我的路。"他看着她,眼中一片冷厉,"所有挡住我路的人,都该死。

"两朵并蒂莲花,一朵盛开,一朵枯萎。你我之间,只能有一个成仙。

"如今你的力量尽被我所夺,只有一条烂命,想来你也不在乎的。

"我知你爱我,那么为我去死这种区区小事,又算得什么。

"我知你一向敬重师父,但你此时此刻,该不会傻到想为他报仇吧?"

他忽然抽出了剑,她的手掌中,只握着一股缓缓流淌的血流。

血,渐渐干了;情,渐渐尽了;心,渐渐冷了。她看着面前曾经深爱过的男子,只觉得心寒。

十年前,他与她无话不谈,就算其他人都不喜欢她,他只对她微笑:"师姐,何必在意别人的看法?你知道自己是谁便好,其他都不重要。"

知道自己是谁便好,其他都不重要。

她,到底是谁?

不是她以美色迷惑了天下,而是她迷惑了自己,忘却了曾经最本真的模样。

她曾经直言不讳,曾经不假辞色,曾经毫不在意外人的眼光,只为自己而活。可现在,这十年,为取得浮云般的富贵,她不停地戴上各色面具,活成了别人所喜爱的样子。

她一直不停取悦他人而变化成各色人等,却忘了,自己到底是怎样的人。

十年前,他曾经悄悄对她说——

"我以后只在众人面前叫你师姐,若只有我们两人的时

候,我便叫你子衣,可好?"

子衣。

子衣,子衣。

子衣,子衣!

那剑闪着寒光朝她刺来,她用破损的手掌再次狠狠抓住,一双眼中,再无迷茫——

"凌子衣,那是我的名字。"

他不由得一愣。下一刻,她眉间一点金光亮起,一朵金莲妖冶绽放,光辉万丈。

乌云自头顶聚拢,闪电似游龙,如苍蛟,在厚厚云层中穿梭,对面的他,眉间亮起一朵刺目红莲:

"师姐,渡劫了。两朵莲花,只有一朵能成仙。"

他微微一笑,反手将长剑刺入自己心口——

"师弟!"

她的尖叫还来不及喊出口,滚滚天雷已然落了下来——

"轰隆隆——"

昔日逍遥世外的山林,顷刻间化作人间炼狱。

九

她找回了自己。在那一瞬间,她终于突破了他的心防,有生以来第一次读懂他的内心。

她朝思暮想,一直想窥探的内心,此时,一览无余。

只缘身在此山中,这句话不错,但她终于明白为何以前一直看不透他，因为他心底的那个人，正是她，她无法幻化成自己的样子，因为她虽然能够看透任何人，自己最大的软肋就是，她看不透自己。

她最后的藩篱就是要看透自己，她若能做到这一点，便可以羽化登仙。

原来，这世间，看懂别人，读懂别人的心思不是什么难事，真正难的是看懂自己，人活一世，知道这些的，真正读懂自己的，真正胸无迷茫的人，并不多。

然后她看透了临终前的他，她看到他爱她，一直都爱她，因为不能失去她而不惜舍去一半命力渡给她，他为了做羽人断绝情爱，为了不想她，不得不躲着她，他甚至和其他人亲昵交往，就是希望能够把她从自己心中抹去。

他本以为自己能够成功，但这一切在她的那句"我喜欢你"之下土崩瓦解。她表明心迹之后远走天涯，可他此生此世，都再不能把她驱逐出自己的心怀。

那年他剖开命力，分了一半给她救命，却也因此损失大半的寿命，若在十年内不能修成仙人，他注定要以凡人之躯灯枯油尽而死；同样，她是他的另一朵并蒂莲花，和他一样拥有羽人身份，若这十年间不能成仙，也要衰竭而亡。

要么一起死，要么，有一人成仙，寿比天地，看海枯石烂，世事变幻。

他们是一对两生莲花，只能有一朵成仙。另外一朵，注定零落成泥碾作尘，枯萎消亡。

他与她,离升仙都只有一步之遥,那么,他愿意成全她,助她一臂之力。

她是阁中最有天赋的弟子之一,只要她认清自己,再将他从心底放下,那么她就有可能成为知餍阁第一位飞升九曜的仙人。

他与师父约定牺牲自己,做了一场戏。他怕她记不起自己名字,索性用了她的名字,但代价是,她将忘记他。他们是一对并蒂莲花,她忘了自己,记得他,而当她记起自己之后,便将他永远遗忘了。

他不在乎做她生命中一个过客,不在乎她记不起他的名字,至少她从此之后可以不老不死,在九曜神洲上自在逍遥。

但……若可以,他真的想跟她做一对神仙眷侣,逍遥天地。

天雷落下的劫难之前,他看着她,无声地对她说了一句话。

她泪流满面。

他说的是:"忘了我吧。"

尾声

师父毫发无损地站在凌子衣面前,此时的她已经羽化登仙,脱胎换骨。她虽然看过了心上人的全部心迹,可在下一刻,她彻底地将他遗忘了。

"子衣，你是阁中第一位仙人。"黄金面具下的师父唇角挑起一丝上翘的弧度看着她，好像面对自己一生最满意的作品。

她的手颤了一下，摊开掌心，上面有一条凌乱的纹路，好像有什么重要的东西从她生命中抽离了，如同沙漠中蒸发的水分，滋润过一株植物之后，杳然无踪。

她默默地站在焦土上很久很久，却怎么也回想不起自己丢失了什么。

十八年后。

她飞行于十洲之中，也时常隐藏身份行于人世，一次在集市中走过，一位少年抢夺了一个馒头被店老板抓住，店老板一边打一边喝道："你这小杂碎又来偷馒头！你叫什么？"

少年傲然昂首："我，叫凌、子、衣！"

她的身影微微一滞，好像被谁勾起了回忆一般，转过头，那少年早已灵巧地逃脱，转瞬间消失在熙攘的人海之中。

她站在原地，在热闹的集市之中，在和煦的日光之下，忽然，泪流满面。

小剧场三
长生幻梦

一

雷电交加，山路难行。

少女身形单薄，满衣泥泞，在山里蹒跚前进。一道雷电劈过，骤然照亮夜空，才见她脖子和手腕等裸露的肌肤上，竟然覆盖着星星点点的血污。

莫不是被人追杀才逃到这里的？

隆隆雷声接踵而至。少女凝神竖耳一听，不对，这连绵不绝的闷响根本不是什么雷声！

大惊之下，她顺着声音的方向看去，只见身后不远处的一座山峰上，几团巨大的落石正朝她所在的方向滚滚而来。速度之快，似乎顷刻间就要将她碾压。

她芜宁难道要命丧于此？

少女咬牙掏出怀中的短笛，这木笛看似平平无奇，此刻却寄托了她所有的希望。

她将短笛置于唇边，心中不断祈祷：拜托了，这一次一定要吹响！

然而——

气流进入笛孔，笛子却只发出一阵低哑的"呲呲"声，又被落石的巨响毫不留情地吞没。

芜宁绝望地闭上眼。罢了，看来她实在无法做这把短笛的主人。

她也注定等不到那个人归来了。

落石已经逼至眼前，少女信手将短笛一扔，安然迎接死亡。

但奇的是，在短笛触及巨石的一刹那，所有声响竟倏忽停了下来。

顿时雷电消匿，天光大亮。

少女怯怯地睁开眼，先前的落石早已消失，取而代之的是傲然立于眼前的——

一头全身雪白的……狮子？它厚重的鬣毛迎风微荡，那双充满王者之气的眼眸正定定直视着她。

芜宁吓得腿脚发软，雄狮微微上前一步，她更是紧张得一屁股坐在了地上，手脚并用地往后倒退。

幸好，雄狮并未向她靠近，而是低下头叼起了地上的那支短笛。也不知它用了什么术法，一团紫光过后，短笛便凭空消失了。

"你是谁？短笛从何而来？"雄浑的声音传进她耳朵里，少女惊骇地瞪圆了双眼。

狮子竟然会说话？

芜宁彻底傻了，她拼尽全力张了张口，却一个字也答不上来。

白狮显然没有过多的耐性，只听它冷哼一声，扭头便走。

芜宁松了一口气，看来白狮并没有伤害她的意图。但很快，她反应过来：紫檀短笛被它带走了！

"等……等一下！"少女定了定神，勉力站起来，颤巍巍地追在狮子身后，"那是我的短笛，你还给我！"

只可惜，白狮完全忽视她的呼喊，脚下生风，离她越来越远。芜宁一路逃亡本就受了些伤，又几天未曾进食，压根儿就不可能追得上这位……

白灵山主。

二

芜宁此时万分肯定，这座山就是小叶村人口口相传的白灵山，而那头白狮就是白灵山的主人。

她奔逃进这座雷电汹涌的山本只是为了躲避仇人追杀，不承想歪打正着，雷电结界解除后，整座山变幻成了一片片连绵起伏的白。树木，草叶，间歇掠过的昆虫，无不散发着柔和的白光。

太神奇了！

即便曾在传说中听过，又得到小叶村人的证实，芜宁仍感到不可思议。并且，山主显然对那支短笛颇有兴趣，说明她的情报并没有错，白灵山果然与短笛渊源颇深，那么她一定能在这儿得到驱动短笛的方法！

少女心里涌起一道希望，咬了咬牙，继续追着白狮的背影而去。

可恶，快跟丢了！

眼见白狮身形一闪，消失在前方一座悬崖边，芜宁正欲催动步伐加速，却突然被什么东西缠住左脚脚腕，又被用力一拉——

她重重摔倒在地，才见自己的脚被一道真气凝成的鞭子死死缠住了。

紧接着，几个身着修真服饰的男女踏空而来，稳稳停在了她的面前。

芜宁脸色煞白。糟糕，居然被他们追上了！

居中的玄衣男子目藏杀意，冷冷道："交出短笛，否则……"他的嘴角忽而牵出一个阴恻恻的弧度，"叫你求生不得，求死不能。"

芜宁不禁打了个寒战，她回忆起之前被他们吊在水牢里反复鞭打的画面，身体上那些尚未痊愈的伤口似乎又火辣辣地疼痛起来。

她后退几步，对方立时逼上前，将她左前右三侧都包围起来。而她身后，是深不见底的悬崖。

短笛现在并不在她身上，但她倔强地昂起头道："我死也不会给你们！"

玄衣男子微一示意，他的同伙皆轻蔑地一笑，激发起体内真气，将真气幻化为各式武器，再悉数向芜宁袭去。

刹那间，她被鞭子抽打，被棍棒重击，被利剑切割，周身浮现无数新的伤口，鲜血淋漓，惨不忍睹。

少女奄奄一息地匍匐在地上，双眼被血污挡住，她本能的求生意识领着她往悬崖的方向爬去，她宁愿坠崖而死，也不愿被这些人渣羞辱折磨。

但对方又岂能放过她？

果然,玄衣男子扬起了手,凝聚剑气又要向少女击去——

"住手。"

一道屏障挡在了少女身后,轻易就把所有真气全数化去。

玄衣男子兀自一惊。

芜宁撑着最后一口气抬眼望去,只见白狮驮着一名女子悬浮于悬崖之外,那女子身着一袭镶紫白纱衣,长发以两根丝带轻柔拢系,一望便觉仙气盈盈。

她看得呆住了。

都说白灵山主是一只隐居九洲的灵兽,而唯有与灵兽结契的仙人才能驾驭它们。这么说来……她一定是九曜洲的仙人啊!

芜宁颤巍巍地伸出手去:"仙人……求你……救我……"

终是失血过多,昏死过去。

三

不知昏睡了多久,芜宁渐渐恢复一些意识,发觉自己好像身处一处洞穴之中,还躺在一张玉石雕成的石床上。

她试着动了动四肢,居然活动如常,皮肤上的外伤也在以超越常理的速度愈合着。

这是哪里?

隐约中,她听见若有若无的交谈声从外室传来。

"……你干吗把她放在我们的床上?"这声音……好像是那头白狮!

芜宁竖起耳朵。

"她受伤很重,需要玉床的帮助,别那么小气啦!"女子的声音带着些许俏皮,芜宁直觉认为她一定是那位美丽的仙人。

他们……救了自己?心里涌起一股感激,她努力地从玉床上起身,挪动脚步朝声音传来的方向走去。

果然,洞穴外连接着一个更大的看似正堂的石厅,而仙人正在与一名男子饮茶。

呃,等等……这男子是谁?芜宁愣愣地打量,只见他一头银色长发,一双琥珀色瞳仁,身披白色袭衣,一张少年模样的脸。

"你醒了?"仙人温柔地看着她,许是见她一直盯着男子,她笑道:"这是洪连,传说中的白灵山主。"

芜宁恍然。身为灵兽自然是能化人形的,只是这模样似乎……跟之前那头威武的白狮有些不同。

洪连喊了一声:"自你下榻白灵山,山主之位不早被你霸占了去吗?"

仙人轻快地拍手笑道:"本想在外人面前给你留面子,你倒自揭老底。"

洪连似乎也起了玩心,探手一捞捉住了仙人的手腕,微使力一带便把她拉进了怀里抱住。

"反正我已经是你的人,哦,不,是你的兽了,我不怕十洲任何人知道。"

仙人脸一红，挣扎了一番站起来，羞道："别闹。"

芜宁看得瞠目结舌，他们这是……可她明明听说过飞升九曜的仙人是绝不能动情的呀！

似是看穿了她的疑虑，女子轻声道："我并不是什么仙人。你叫我沐楹就好。"

明明仙气萦绕却并非仙人，还与白灵山主这般恩爱缠绵的样子……芜宁想，他们之间一定曾有过惊心动魄的故事。然而她明白，有些事，她无权多问。

芜宁屈膝跪在地上，朝沐楹与洪连深深叩首："救命大恩，来日必报。"

沐楹笑道："恩倒不用你报，你只需诚实回答我一个问题就好。"

芜宁微微一愣，也对，以他们二人灵力之高深，哪有用得着自己的地方，便又庄重地一磕头："沐楹姐姐有何疑问，芜宁一定知无不言。"

"洪连带回了这支短笛。"沐楹摊开手掌，一团紫芒过后，那支短笛安然躺在她的手心。

芜宁眼睛一亮。

"能告诉我，这支短笛你从何处得来吗？"

芜宁点头，深吸一口气。

四

天下十洲，散落着无数修仙门派，而其中正统，当数琅洲琅羽一脉。

百年之前，琅羽门曾遭遇劫数，一度消没于洗心湖底，几近毁灭。后来几名身怀神通的弟子联手重塑琅羽结界，挽救了门派。历经百年风雨，琅羽如今重现于世，开始广募弟子。

虽然时隔百年，但琅羽门毕竟是数千年来弟子飞升九曜最多的门派，因此愿意拜师入门之人不计其数。

琅羽门发布告示称：门内数件乐器散落十洲，欲入门者需得觅得一件琅羽之器，且有能催动乐器之能，方得认可。

芜宁一心求入琅羽，却自知本事低微，便想了法子，跟在一名本领高强的修真人身边伺机而动。岂料机缘巧合之下，芜宁居然寻得了短笛！而那名修真人得知消息，将她抓进了水牢严刑拷打，逼她将短笛交出。

芜宁宁死不屈，然而她虽然得到短笛，却并不能催动短笛的灵力，因此在水牢吃尽了苦头。

好不容易趁机逃出，她开始四处打探催动短笛的方法。后来偶然在一本古籍上看见，短笛曾在溟洲白灵山出现过，这才长途跋涉地赶来。

岂料修真人一直紧追她不放，数次欲置她于死地。今日若不是被洪连、沐樾所救，恐怕她已见不到明日的太阳。

听芜宁讲完后，沐樾心绪波动，她深深盯着她："你为何……想入琅羽？"

芜宁不料她有此一问，愣愣答道："为了修仙。"

"你也想飞升九曜?"

"不是不是!"芜宁连连摇头,眼神一痛,似乎陷入了什么回忆中。片刻后,她笃定答道:"沐檑姐姐,你是我的救命恩人,我不愿瞒你。"

少女一改先前的怯懦,昂首傲然道:"飞升九曜有什么快活?不能爱,不能恨,倒不如死了。"顿了顿,她又道,"我所求,乃'长生'二字。"

沐檑眉头微蹙,长生?那倒确实不必飞升,只需修成羽人便可。就像……白柔与卫如陵那般。

想到这两个名字,沐檑神思飘然,多年不见,也不知他二人如今过得可好。

洪连接道:"你为何想要长生?"

听见这个问题,芜宁惨然一笑,闭眼轻道:"因为,我最爱的人……他离世了。"

一时寂静。

"原本,我也打算追随他而去。可是有一天在街上听见一出皮影戏,戏里说夜罗圣子最爱的女子死了,可他在百年后寻得了她的转世。那一刻,我突然领悟,我不仅要活下去,还要活很长很长时间,长到我可以再次遇见他,再次与他相爱。"

沐檑不禁呆住。她说的夜罗圣子和转世的女子,不就是卫如陵与赤墨吗……他果真寻到了她的转世吗?倘若两人真如戏文一般重聚,于他们几个琅羽旧日弟子来说,都是莫大的欣喜和安慰。

"我很傻，对不对？"芜宁一边自嘲，一边用力去擦脸颊的泪珠。

沐楹看着眼前少女伤心却坚强的模样，忽然明白了短笛为何会被她所得。这支短笛本就是由她的木枝做成的，她愿意让它去守护这样一个痴傻得令人心疼的姑娘。

她仿佛在她身上看见了曾经的自己。

沐楹将短笛递出："给你，从今以后，你就是它的主人。"

洪连在一旁说："喂喂，你就这么给她了？这可是——"

沐楹却打断他，笑意吟吟："我早就不需要了，不是吗？"

她望着他，眼波流转中，听见洪连微微一笑道："也对，你已经有我。"

芜宁瞪大双眼，从他们的对话中，她似乎听出一些端倪。莫非，这支短笛原本是沐楹的东西？莫非，她也曾和琅羽门有所关联？然而还来不及询问，她忽觉眼前白光一闪，周遭景象变幻，风沙席卷，她不得不眯起了眼。

再睁眼时，哪里有什么沐楹与洪连，她也并不身处洞穴之中，而是伫立在一座有结界的大山跟前。

再也靠近不得。

结尾

手中攥着一支紫气盈盈的短笛，芜宁只是抱着试一试的想

法将短笛置于唇边轻轻一吹——

清越的笛声直达天际,响彻云霄。

▶ 神秘力量兴起 / 两族再爆争端

胭脂破梦将（二）

YANZHI JIANG

王琛 作品

白鸦姽婳 兴风作浪
腥风血雨 一触即发
胭脂女将 何去何存

凝欢峰意云
天朝烈舒
华厉唐哥初
白鸦姽婳

受白鸦姽婳的影响，初云心智混乱，盲目闯入敌营，却不慎被俘。白渊族女皇哥舒意亲临战场，发现初云体内孕育着魔魂，她企图收服魔魂，炼成魔魂珠，助自己增长功力，并给予厉朝欢致命的打击。

与此同时，华天凝也得知，魔魂与白鸦姽婳竟是天生的宿敌，如果要救厉朝欢，克制白鸦姽婳，必须借助魔魂的力量。于是，华天凝开始密谋营救初云。正当计划秘密进行时，局面却由于唐烈峰的意外介入而发生了翻天覆地的变化。唐烈峰与厉朝欢的生死，竟然同时系在了白鸦姽婳的身上……

意林精品图书推荐

《我不愿让你一个人走过青春的荒芜》
简介：95后作者谢宁远写给你最深情的告白书。十五篇故事，是告白，亦是陪伴。
定价：29.80元

《对方正在输入中》
简介：那些爱与被爱的故事。年少时的懵懂酸涩，成熟后的感慨至深；都是心灵的一枚朱砂痣。
定价：29.80元

《你是年少的欢喜，喜欢的少年是你》
简介：古风作家吾玉，初涉现代爱情，打造都市轻风之作。
定价：29.80元

《从此晚安我自己》
简介：95后男神作者何家豪青春成长礼童话，将这16个故事，说给长成大人的你！
定价：29.80元

— "告白的书"系列 —

《别来无恙，我的小初恋》
简介：销量超百万作家沈嘉柯暖心力作，陪你一起挥别青春，再出发。
定价：29.80元

《喜欢你这句话，我憋住了整个青春》
简介：数十篇青春伤感故事，带你领略成长、青春、爱恋的阴晴圆缺。
定价：29.80元

《遇见你，就是最对的时候》
简介：青罗扇子、周德东等作家用文字演绎纸上电影。时光远去，我们永远青春。
定价：29.80元

《我记得你说过的每句美好》
简介：独木舟、夏七夕、七微等名家用真挚的笔触探究青春的色彩。
定价：29.80元

— "多味之恋"系列 —

《这世间所有的纸短情长》
简介：织梦人张芸欣在深夜为你点一炉青莲之香，寻找渐渐远去的青春与年少。
定价：29.80元

《世界那么大，命中注定遇见你》
简介：每个人都会接触到形形色色的人，又会和一些人聚聚散散，马桑说，这些桩桩都是命中注定。
定价：29.80元

《我不怀念你，我只怀念有你的往昔》
简介：继《左耳》之后深入骨髓的疼痛青春，每个人都可以在她的故事中找到最原始的自己。
定价：29.80元

《花与巡夜人》
简介：国内一本填色减压故事书，抚触你的心灵，治愈现代人的都市病症。
定价：36.90元

— "深夜暖心"系列 —

《少年从不等风来》
简介：关于年轻人的追梦故事，他们用自己的特立独行，创造属于自己的天地。
定价：29.80元

《你的人生不需要别人点赞》
简介：大人物从这里起步，成就了丰盈的人生。数百篇故事告诉你成功者的秘密。
定价：29.80元

《逆光飞翔，微芒盛放》
简介：名人的磨难被晾晒成坚强，带给你十八而志的青春励志的正能量。
定价：29.80元

《像明星一样去战斗》
简介：数十位明星的奋斗史。逆袭背后，都是平凡生活中的伟大梦想。
定价：29.80元

— "十八而志"系列 —

《把你所有的不安交给我来暖》
讲给你听，117个心灵抱抱的故事。
定价：29.80元

《所有人的坚强，都是柔软生的茧》
玻璃心的朋友们，看这里！讲给你听，125个含泪奔跑的人生故事。
定价：29.80元

《生命中除了爱，其他都是行李》
讲给你听，召唤小确幸的111个故事。
定价：29.80元

《都道初心不可负，而初心是何物》
133个初心故事，既有明星大家，又有平凡人物，从故事里闪耀初心的光芒。
定价：29.80元

— "初心讲义"系列 —

意林精品图书推荐

《雪鹰领主1》
简介：我吃西红柿全新力作！少年骑士惊世崛起，铸就为人类荣誉而战的英雄传说！
定价：29.80元

《禁域①墓地神婴》
简介：皇者重现世间，只为触底反击，再创传奇！踏破乾坤纵横时空，禁域绝密即将揭晓！
定价：28.80元

《禁域②宗门斗者》
简介：扶桑谷内迷雾重重，时间长河、神秘女子……时空彼端，究竟有着怎样的秘密？
定价：28.80元

《风之守望者》（①、②）
简介：一个关于青春和魔法的故事，一些关于崩坏与爆笑的校园日常，一次爱的救赎。
定价：24.80元/册

《我不成仙 一 断尘绝念》
简介：不想成仙却毅然修仙，她见愁只想有朝一日对那人说："纵你成仙，亦不可逃！"
定价：28.80元

《我不成仙 二 杀红小界》
简介：血衣作战袍，刻骨为利刃。她的通天坦途，便是他的穷途末路！
定价：28.80元

《我不成仙 三 流星赶月》
简介：敏锐与直觉，无一欠缺；缜密与果决，兼而有之。力敌群雄者，舍她其谁！
定价：28.80元

《我不成仙 四 鏖战墨海》
简介：为成大道，葬痴情、斩尘缘者之可若寻仙问道是这般模样，她宁愿永不成仙！
定价：28.80元

《符神传说①斩焰少年行》
简介：接通元灵符界，交易、对战、派单……现实与虚拟之间，体味什么叫酣畅淋漓！
定价：28.80元

《符神传说②东川起风云》
简介：逆转鬼煞岭、人蛮荒探迷城，跨越空间界限，开启度奇幻热血征程！
定价：28.80元

《符神传说③刀芒惊天下》
简介：巧进黑狱筑误南，烈焱龙雀惊天下。勇探天符浩土，领略异闻传奇！
定价：28.80元

《符神传说④地下悬赏令》
简介：识妖族斗南洲，符驱四方见奇谋。游历异界空间，探索奥妙人生！
定价：28.80元

《倾世萌狐1》
简介：避难避到了王爷家，竟然有去无回？冷酷王爷"情斗"憨萌灵狐，甜宠升级，深情不改！
定价：29.80元

《倾世萌狐2》
简介：心悦君兮，矢志不渝！当一切线索都指向了天界，他们真的要"天人永隔"？
定价：29.80元

《我的画风不太对①》
简介：当外星玩家遇到地球萌妹，爆笑爱情悬疑大戏惊喜上演！
定价：29.80元

《我的画风不太对②》
简介：一不小心成了外星玩家的目标对象！千回百转的拼图游戏，谁是最终赢家？
定价：29.80元

《仙萌奇缘①》
简介：迷糊弟子"约架"冷傲少主，无厘头话本奇袭玄天剑宗，非正统仙侠大戏反转上演！
定价：29.80元

《仙萌奇缘②》
简介：大战一触即发，"仙门叛徒"云悠与"魔族卧底"白溯携手，为天下苍生而战！
定价：29.80元

《灵犀1》
简介：龙族、赏金猎人、千年火龟……山海异兽玄奇登场，谱写一个暖心温情的历险传奇！
定价：29.80元

《浮玉仙魔》
简介：跨越六界的情仇离合，仙家养成，爆笑开篇。看一代魔尊，如何搅翻浮玉仙山！
定价：29.80元